ONIKKOHAISHINDO

く LIVE 配信道!

箱入蛇猫

TOブックス

Contents

プロローグ　004

第一章　冒険の始まり　024

第二章　第二の街へ　155

0:00/1:00

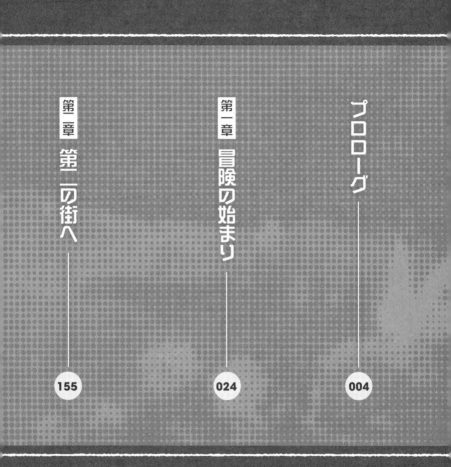

ONIKKOHAISHINDO

LIVE

エピローグ 329

書き下ろし番外編
凛音と菜々香のプチデート 337

あとがき 348

illustration 片桐　design AFTERGLOW

プロローグ

「うーむ……」

公園のベンチでぼんやりと空を見上げながら、手に持ったりんごジュースを一口啜《すす》る。

五月半ばの空はひどく澄んでいて、見ていて気持ちよくはあるものの虚しいほどに広々としている。

ふと手元のジュースの原材料を眺めて、果糖ぶどう糖液糖という謎の液体は何を原料にしているんだろう、なんてつまらないことを考えてしまうくらいには、今の私は暇を持て余していた。

「暇って久しぶりだなぁ」

何年かぶりの完全な休みに何をすればいいのか困惑しつつ、少しボロが入ったカバンからクリアファイルを取り出す。

中にはコンビニで買った簡易な履歴書が入っていて、久しぶりに記入したそれは数分もあれば読めるほどにスカスカな内容が記入されている。

肝心《かんじん》の使い道については現状見当たらないけれど、こういうのは早めに用意するに越したことはないのだ。

二宿菜々香《ふたやどななか》。女、二十一歳フリーター。

最終学歴は中卒で、土方《どかた》なり日雇いなりパチンコ店なりと、とにかくあらゆるバイトを経験して今に至る。

履歴書に書いてあることを要約すればこんなものだろうか。

少し自分語りをさせて欲しい。

私にはもう、両親がいない。中学三年の時に交通事故で死んだから。

当時は悲しかったし辛かったけど、悩んでいるほど余裕もなくて。

私の後見人《こうけんにん》になってくれた母方の叔母の家は、テレビで見るビッグダディを地で行くような家族で、実に十二人の子供を支える大家族だった。

叔父さんは沢山稼いでいたけどそれでも生活は苦しくて、そこに私が加わったもんだからタダでさえ綱渡りのような生活がさらに苦しくなってしまった。

ついでに言えば知らない家の、パーソナルスペースもほとんど無いような場所でもあって。

文句なんて言う権利はないとわかっていても、私は「異物」でしかなかった。

だから私は、両親の遺産を全て叔母夫婦に譲る代わりに、一人暮らしの手続きをしてもらうことにしたのだ。

二つ返事で、とはいかなかったけど、最終的に叔母夫婦は私の意思を汲《く》んでくれた。

それからは家賃と食事代を稼ぐためにバイト漬けの日々。

中卒の私を何も言わずに働かせてくれるのは肉体労働系の仕事ばかりで、それでも体を動かすのが得意だった私には天職だったのだと思う。

それ以来、肉体労働系の仕事ばかりをこなして、稼いだお金から叔母夫婦に家賃を送って。

そうして中学を卒業して六年、なんだかんだと身銭《みぜに》を稼いで生きてきたのだけは、私なりの誇りでもある。

ちなみに成人した時、実は叔母夫婦が私の譲った遺産を使っていなかったことが発覚した。

「子供が気を遣うんじゃない」とゲンコツを落とされて、私は何年ぶりかに泣いた記憶がある。

遺産は返却されたけど、何があっても困らないように貯金したままだ。一生暮らせる額ではないしね。

そんなバイト戦士である私がなぜ平日昼間の公園でボケーッとしているのか。

それには全く深くない事情がある。

休みなくバイトを入れて、なんだかんだのらりくらりと生きてきたんだけど、このところ柱にしていたバイト先が三箇所とも潰れてしまったのだ。

その三箇所で週七日を隙間なく埋めていた私には大打撃である。

なんで三箇所とも潰れちゃったんだろうという悲しみと共に、潰れるって決まってから新しい職場を探さなかった自分の馬鹿さに少し呆れもした。

まあここ三年は休みなく働いてて正直働きすぎてたのは否めないし、ここらでちょっと休みを取ろうかなって街に繰り出したのがさっき。

そして一時間で何をすればいいのかわからなくなって公園で黄昏《たそがれ》ていたというわけだった。

「帰るかぁ」

飲み干したペットボトルを遠くのゴミ箱に放り込み、ベンチから腰を上げる。

ここにいてもやることはないし、帰って寝ることにしよう。

夜十時。私は滅多《めった》なことでは使わないスマートフォンに来た着信の音で目が覚めた。

チャットと無料通話をウリに数年前から爆発的に普及しているらしいアプリなのだが、友達登録をしているのは一人だけである。

つまり今電話をかけてきているのはその一人以外にありえない訳だ。

「もしもし、リンちゃん？　珍しいね」

『いや、ナナが電話を直《す》ぐに取ってくれる方が珍しいと思うわ』

「あはは、確かに」

呆れたような声に同意する。

週七日フルタイム以上にバイトを入れている私は、基本的に連絡がつかないからだ。

リンちゃん——鷹匠凜音《たかじょうりんね》は、私の人生における唯一の親友だ。

リンちゃん、ナナとあだ名で呼び合う仲で、幼稚園から中学までを共に過ごした大親友と言っても過言ではない。

そんな相手との久しぶりの通話に、私は少し楽しい気分になっていた。

「何かあったの？　普段はメッセージで済ませるのに」

『少し話したいことがあったんだけど……ねぇナナ、何か隠してない？』

「えっ？　な、なんのこと？」

『いや、この時間にナナが電話を取るとか普段ならありえないもの』

「うぐっ……電話したのそっちなのに……」

『繋がる気がしたのよねー』

リンちゃんのもっともな指摘に思わず唸《うな》ってしまう。

だってバイトは深夜番の方が稼げるんだから、この時間に電話に出られないのは仕方がないじゃないか。

『で、その反応は何かあったでしょ。話しなさい』

「い、いやぁ何もないってぇ」

『は?』

「バイト先が全部潰れちゃいました……」

抵抗も虚しく、私はリンちゃんの圧力に負けた。

昔、両親が亡くなった後、フリーターになると言った私はリンちゃんに言われたのだ。「フリーターなんてお先真っ暗じゃない。お父さんにコネを頼んでみるから、ちゃんと働きなさいよ」と。

リンちゃんのお父さんは『鷹匠グループ』という大企業のトップに立っていて、コネというのはグループ企業のどこかに入れてもらうということ。

リンちゃんに激甘なお父さんは、仕事に私情を挟みまくるタイプなのだ。

流石《さすが》に断ったが、その時のことをリンちゃんは結構根に持っていて、いつか職を失ったら絶対に嫌味を言われること間違いなしだったのだ。

ちなみに彼女の家は天井知らずの大金持ちで、末っ子でたいそう可愛がられているリンちゃんは生活苦とは一切縁のない人だ。

タダでさえ湯水の如き貯金を与えられている上に自分でもめちゃくちゃ稼いでいるので、お金はある所に集まるんだなぁと思わずにはいられなかった。

『三箇所、全部が？』

「そうです……」

『ふーん……。ま、ちょうどいいか。言いたいことは沢山あるけど、本当に都合がいいわ』

「何の話？」

てっきりネチネチとお説教を食らうのではないかと思っていたのだが、リンちゃんから返ってきた返事はどこか気の抜けたものだった。

『ナナ、今暇なのよね？』

「暇すぎてやばいくらい」

『泊まる用意をして明日の昼までに私の家に来なさい。拒否権はないわ』

「えっ、いきなりどうしたの？」

『電話で話そうと思ったけど、直接会えるならそっちの方がいいのよ。じゃ、そういうことだから』

「うん、じゃあね」

捲《まく》し立てるように要件だけ押し付けて電話を切ったリンちゃんの勢いに押されてしまったが、暇なのは確かだ。

突然飛び込んできた予定に首を傾げつつ、私はお泊まりセットを用意しようとクローゼットを開くのだった。

＊＊＊

翌日、正午より少し前。

私は見上げるのもしんどいほどの高層マンションの前にいた。

顔見知り以上知り合い未満のガードマンさんに挨拶《あいさつ》をして、管理人さんに要件を伝えてリンちゃんに連絡を入れてもらう。

リンちゃんが住んでいるこのマンションの、地上から百数十メートル。

階層で言うと四十階に当たるのだけど、過保護な両親によってそこは一フロアぶち抜きでリンちゃんのために買い切られている。

安全性の確保のためとのことだが、使っていない部屋がほとんどだと聞くと、金持ちの考えることはやはりわからないと言いたくもなる。

それはそれとしてなかなかに場違いな雰囲気にのまれつつも、私はエレベーターを使ってどうにか地上四十階にたどり着いた。

オシャレなインターホンを押すと、返事の代わりに扉が開く音がする。

「いらっしゃい、待ってたわ」

「うん、おじゃましまーす」

迎え入れてくれたリンちゃんに甘えて、そのまま家にお邪魔する。

ここに来るのも久しぶりだ。前に来たのはリンちゃんが高校を卒業する前くらいのことだったと思うから、三年ぶりくらいか。

「あー……久しぶりのナナ成分補充タイムだわ……」

「うわっぷ」

居間の方に移動しようとしていた私の後ろから、ぎゅううっと音を立てるほど強くリンちゃんが抱きついてきた。

リンちゃんはたいへんグラマラスなわがままボディをお持ちな上に、身長まで百七十センチと女性としては高い方だ。

百五十五センチしかない私としては、抱きつかれてしまうと柔らかなおっぱいに包まれるような体勢になってしまう。

貧相な自分の胸では体感できない柔らかさを後ろに感じながら、私はされるがままになっていた。

「リンちゃん、動けないいんだけど」

「もうちょっとだけ……もうちょっとだけ……」

そのまま五分くらい取り憑《つ》かれた。

「なんだかんだで会うのも一年ぶりよね。纏《まと》まった時間を取れたのは、それこそ高校を卒業して以来かしら」

「ここ一年は特にバイト漬けだったからね」

「誘ってもバイト、誘ってもバイト。断られる私の気持ちも考えてよね」

「あははは……」

私が来るのに合わせて用意してくれていたらしい食事を取りながら、私は親友から呈《てい》される苦言を苦笑いで誤魔化した。

実のところ、私は生活するためにバイトをしていたとは言い難いところがある。

確かにバイトをしなければ生きてはいけない。

けれど、せいぜい週五回フルタイムの夜勤をすれば、一人暮らしの生活資金など賄《まかな》えるのだ。

特に私は物欲がほとんどなかったので、結構な額の貯金も貯まっていたりする。

それでも働いていたのはひとえに、私が無趣味な人間だったからに他ならない。

物欲がないのは趣味がないからで、趣味がないから物欲がない。

たった一日でも暇があると、何をすることもなく漫然《まんぜん》と生きている。

そんなのが勿体なく感じるから、私は絶え間なくバイトをすることで暇な時間を潰していたのだ。

「まあいいわ。こうして久しぶりに会えたんだし」

顰《しか》めていた顔をふわりと解いてほほ笑みを浮かべるリンちゃんに、私もほっと息をついた。

「また仕事は探さなきゃだけどねー」

食後のお茶を飲みながら、私はそんなことをボヤいた。

そう。ニートと化した私は再び仕事を探さなければならないのである。

「それに関しては問題ないわ」

「え？　なんで？」

「昨日の電話で話すつもりだったんだけどね」

私の職探しへの憂鬱《ゆううつ》な気持ちを自信満々な表情で切り捨てたリンちゃんに、私は思わず目を丸くしてしまう。

そういえば昨日、リンちゃんは私に用があるから電話をしてきたはずだ。

それを私の事情を聞いて流してしまったのを思い出した。

「ナナ、私が今やってる仕事は覚えてる？」

「えーと、確かあの、ゲームの大会とか、そういう奴」

「eスポーツね。まあそれだけじゃないけど、要はプロのゲーマーよ。一応企業にも所属してるし」

「鷹匠グループの？」

「まあね」

当然のことのように頷くリンちゃんに、私は思わず笑ってしまう。

プロの球団さえ擁《よう》する鷹匠グループである。

それのゲーマー版を擁していても全くおかしな話ではないが、相変わらず手がける事業が幅広い。

リンちゃんはプロのゲーマーであり、確かゲームの配信なんかもやっている。

その道ではかなり有名なプレイヤーで、コネ抜きにしても非常に高い実力の持ち主だ。

私とリンちゃんの付き合いは長いが、幼少の頃から彼女は生粋のゲーム好きで、クラスではいつも一番ゲームが上手だった。

私は楽しそうにゲームをするリンちゃんが好きで、一緒にやったり、後ろで見ていたりしたのを覚えている。

「ナナ、《ＷｏｒｌｄＬｉｖｅ－ＯＮＬＩＮＥ》って知ってる？」

「ワールドライブ……ああ、バイト先の若い子が話してたかも。あれでしょ、バーチャルのゲーム」

「そ。ちょうど十日前にサービスが開始されたオンラインゲームよ。日本のＶＲ界隈の話題はこのゲームで持ち切りなの」

《ＷｏｒｌｄＬｉｖｅ－ＯＮＬＩＮＥ》。

それは物凄いお金をかけて作られた、物凄いオンラインゲーム。

バイト先で私に懐《なつ》いてくれていた後輩の男の子がゲーム好きで、そのゲームについて力説してくれたのだが、私にはそのくらいのことしか理解できなかった。

「まあ、ナナにこのゲームの凄いところを伝えてもわからないだろうから、簡潔に言うわ。《ＷｏｒｌｄＬｉｖｅ－ＯＮＬＩＮＥ》はね、フルダイブしながらライブ配信ができるＶＲゲームなのよ」

「よくわからないけど、これまでのゲームではできなかったことなの？」

「そうよ。ゲーム自体の出来も段違いに高いんだけど、それはこれまでのＶＲゲームを知らないナナに言っても仕方ないからね」

フルダイブ。それは、意識だけを仮想空間に潜り込ませるというＶＲゲームに欠かせない機能のことだ。

実用化されてからもう何年も経つのだが、初期の頃にリンちゃんのツテで体験させてもらったことがある。

あの頃はまだぎこちない動きしかできなかったのだが、今はすっかり自由に動けるらしいことは知っている。

そんなフルダイブのゲームでは、ライブ配信ができなかったらしい。

世の中にあるゲームはＶＲだけではない。

ゲームのライブ配信を主軸にして生きていくことができる今の時代、ＶＲのゲームというのは稼ぐのには向かないのだろうということは想像がつく。

そして、《ＷｏｒｌｄＬｉｖｅ－ＯＮＬＩＮＥ》は、それを覆《くつがえ》しうる作品であるということも。

「察しはついたようね。そう、私は十日前からこのゲームを始めてるわ。プロゲーマーとして、波に乗り遅れる訳にはいかないからね」

「なるほど。で、その話を私にした訳とは？」

「そっちの察しは悪いのね。まあ、ごちゃごちゃ言っても伝わらないし、はっきり言うわ。……ナナ、一緒にゲームしましょ？」

その言葉は軽いようで、真剣だった。

リンちゃんが少しだけ上目遣いで、潤んだ瞳を向けてきている。

長い付き合いだが、リンちゃんがこうやって物を頼んでくるときは、いつだって心は不安で潰れそうになっているのだ。

頼み事でもない。お誘いでもない。強《し》いて言うなら「お願い」だろうか。

そして私は、リンちゃんのコレに酷く弱かった。

「ん、いいよ。久しぶりに、一緒にゲームしよっか」

「ほんとに？」

「嘘ついてどうするのさ」

「それもそうね。よかった、断られるんじゃないかって、不安だったのよ」

「まあ、バイトがあったら断ってたかもしれないけど……今はないし」

都合がいい、と昨日リンちゃんが言ってたのは、多分こういうことだろう。

確かにバイト先が潰れていなければ断っていた可能性も無くはないからだ。

とはいえそんなこと、想像できないリンちゃんではないだろう。

多分、私に核心を伝えるために色々と説明していないことがあると思う。

安心しきった顔をしているリンちゃんをじっと見つめると、はっとして表情を引き締めていた。

「私はプロゲーマーで、ゲーム配信者でもあるわ。常にライブ配信している訳では無いけれど、私と一緒にゲームをするということはナナも配信に映る機会は多くなると思うの」

「まあ、そうだろうね」

ライブ配信ができるゲームで配信者と一緒にプレイしていれば、まあそういう機会は増えるだろう。

私自身は全く構わないのだが、視聴者的にはどうなんだろうと思わなくはない。

「で、色々と考えたんだけど……ナナ、ちょっとプロゲーマーになってみない？」

「……はい？」

そんなことを考えている私にリンちゃんがしてきた提案は、完全に想定外のもので。

あまりにも突拍子のないその提案に、私は思わず惚《ほう》けた声を出してしまった。

その反応が面白かったのか、リンちゃんはクスリと笑ってから話を続けた。

「私の所属するチーム《ＨＥＲＯＥＳ》は、元はＦＰＳ、ＴＰＳ、格ゲーの三種類に絞って運営されてきたわ。私も元はＴＰＳ部門のプレイヤーとしてチーム入りした。ＶＲ系のゲームに関しては、当初はそれらのチームから人員を引っ張って試行錯誤してたのよね」

リンちゃん曰く。

初期のＶＲゲームはｅスポーツとして成り立たせるには致命的に完成度が足りず、専門のチームを作るには市場の規模も小さすぎたと言う。

「で、近年になってそれなりに完成度が上がった。特に格ゲーなんかは顕著で、今やｅスポーツの中で一番の賞金金額を誇ってるくらい。で、これまでＶＲ部門には手を出せてなかったウチも、《ＷｏｒｌｄＬｉｖｅ－ＯＮＬＩＮＥ》の発表を受けてついにＶＲ部門を新設することになったのよ。これが大体三ヶ月前くらいの話」

「で、私にその新設するＶＲ部門に入らないか、ってこと？」

「まあ端的に言えばそうね」

《ＷｏｒｌｄＬｉｖｅ－ＯＮＬＩＮＥ》の発表を受けて、というのはライブ配信がどうとかそういう話ではなく、このゲームのクオリティがあまりにも高すぎたことに起因するらしい。

曰く、ＶＲゲームの基盤となる技術の水準が石器時代から江戸時代くらいまで変わったのだそうだ。

今後さらにクオリティの高いゲームが出る可能性があり、さらなる市場の拡大が予想できる以上、VR部門を作らない訳にはいかなかったという。

「でもさ、そういうのって実績とか、そういうのが重視されるんじゃないの？　ぽっと出のコネ入団でいいものなの？」

「基本スカウトだから、確かに実績は考慮されるわ。ただ、VRに手を出すのが遅くてね。有望そうなのは既に持っていかれちゃってるのよ……」

「ああ……」

確かに、VRゲームが出てからもう随分と時間が流れている。

eスポーツとして成り立ち始めたのがいつなのかは知らないけど、野球のドラフト会議のように、こういうのは早ければ早いほどいい選手を持っていかれるのが世の常だ。

ただ、それだけが理由ではないのか、「それにね」と付け足してリンちゃんは言った。

「ナナ、《WorldLive-ONLINE》の世界でなら、貴方は本当に自由になれる。こんな、窮屈な現実世界で我慢しながら生きなくてもいいのよ」

リンちゃんはそう言って、ほんの少しだけ切ない感情を瞳に乗せていた。

結論から言うと、私はリンちゃんの話を受けることにした。

というのも、リンちゃんのチームに所属した時の見返りが、思った以上によかったからだ。

まず、給料がこれまでバイト漬けだった頃と同じくらいに出る。

仕事内容は《WorldLive-ONLINE》の配信をすること。これがおよそ週に五日、

最低二時間ずつ。

もちろん配信以外にもプレイして、トッププレイヤーを目指す必要があるとリンちゃんは言っていた。

週休は二日あるため、その時間は自由にしていていいが、しばらくはゲーム漬けだろうことは目に見えていた。

そして、これはリンちゃんからの熱い要望を受けてなのだが……高層マンションの一室を、私にくれるとのことだった。

確かに、四十階全てを所有しているリンちゃんにとっては無用の長物《ちょうぶつ》なのだろう。

が、いくらなんでもマンションの一室をポンと譲られても、私としては引きつった笑みを浮かべるしかない。

いくら親友とはいえそこまでしてもらう訳にはいかない。

毅然《きぜん》とした態度で断ろうとする私だったが、ぎゅっと抱き締めてひたすら耳元で「ねぇ、ダメ？」と艶《なまめ》かしい声色のお願いをされて、一時間と持たずに陥落した。

諦めてサインした私とは対照的に、心底嬉しそうな顔で喜ぶリンちゃんを見て、どうしてこうなったと思わずにはいられない。

ただ、バイトにかまけて友人関係を蔑《ないがし》ろにしていた私をここまで大事にしてくれていたのだ。

その好意を踏みにじることなんて私にはできなかった。

ちなみに、リンちゃんに貰ったのは隣室で、せいぜいホコリがたまらないように掃除されているだけの空っぽの部屋で。

その日は、結局リンちゃんのベッドに一緒に寝ることになった。

まあ、これはいつものことである。

＊＊＊

翌日。

リンちゃんが私に見せてくれたのは、最新式のフルダイブVRマシンだった。

フルダイブ式のVRマシンは、かつてはゲームセンターにしか置けないほど巨大な筐体《きょうたい》で、技術革新が進んで一般向けのヘッドギアくらい小さなものにまで縮小された。

けれど、いつの世も人は性能を追い求めるものなのか、今目の前に鎮座している最新式マシンは、下手なベッドよりも大きな幅を取っていた。

でかいから性能がいい。大艦巨砲《たいかんきょほう》を思わせる剛毅《ごうき》さに呆れつつ、私は「二台」あるそれを指さしてリンちゃんに尋ねた。

「これ、もしかして一個は私の？」

「当然じゃない」

「なんでリンちゃんの部屋に運び込まれてるの？」

「なんでナナの部屋に運び込む必要があるの？」

「あれ、会話が成り立ってないぞ」

私が暮らしていたボロアパートならともかく、せっかく隣室にあるのだからそっちに運び込めばいいのに。

そんな私の疑問は、心底不思議そうな顔をしているリンちゃんには届かなかったらしい。

「一緒にゲームするんだから、同じ部屋の方がいいじゃない。それに、どうせナナはこっちの部屋で暮らすことになるわよ」

「え、なんでよ」

「ご飯とか、一緒の方がいいでしょ？　寝る時も一人だと寂しいし」

「まあ、それは確かに」

大人っぽい見た目から勘違いされがちだが、リンちゃんは基本的に甘えん坊だ。

末っ子でたいそう甘やかされて育った上に、小さな頃から私とずっと一緒にいたのだ。

成長するにつれて大人びていったし、とても強《したた》かな一面もあるが、私の前では大体いつもこんな感じだった。

「部屋を貰った意味とは……？」

「何か言った？」

「なんでもないよ。それより、《ＷｏｒｌｄＬｉｖｅ－ＯＮＬＩＮＥ》はいつ始めればいいの？」

「あ、その話をし忘れてたわね。明後日からになるわ」

リンちゃんを含む一万人。それが、《ＷｏｒｌｄＬｉｖｅ－ＯＮＬＩＮＥ》の第一陣に当たる人数だそうだ。

二週間が経つ二日後、つまり明後日に第二陣の参加ができるようになる。

サーバーに入る人数の制限をかけるために、このゲームの参加にはソフトの購入が必須となる。

当然のことながら、リンちゃんは私の分のそれを確保してくれていた。

「で、ナナはこういうゲームはあまり経験がないでしょ？　この二日は、知識をつけたりマナーを学んだりしてもらおうと思うの」

「なるほど、大事だね」

「私も配信があるから付きっきりでは見れないけど、わからないことがあったら答えるから」

「おっけー。とりあえずフルダイブしてみようかな。何年ぶりかわからないくらいだし」

「じゃあやり方を教えるわね」

こうして、リンちゃんにわからないことを教えて貰いながら、私はゲーマーとしての第一歩を踏み出すための前準備を始めることになるのだった。

第一章　冒険の始まり

意識がふわりと浮かび上がるような感覚を受けた瞬間、私は草原の中にいた。

最初に驚いたのは、「匂い」がすることだった。

草花の香り。土の香り。そういう、草原の中に立っているという実感を与えてくれる香り。

それがこの二日で体験したどのゲームにもないシステムだったからだ。

「ようこそ、《ＷｏｒｌｄＬｉｖｅ－ＯＮＬＩＮＥ》へ」

予《あらかじ》め仕入れていた情報の通り、後ろから声がする。

振り向いた先にいたのは、紺色の修道服を着た女性だった。

通称・ナビゲーター。このゲームに初めて降り立ったプレイヤーに、必ず後ろから話しかけてくるチュートリアルキャラクターである。

「私はイリス。貴方に道標《みちしるべ》を授けに参りました」

その言葉と共に手渡されたのは、一枚の鉄板のようなカードだった。

メニューカードと呼ばれるこれは、思考操作ができないプレイヤーのために用意されたメニュー表示用のアイテムだ。

この世界においては街に入るための身分証や財布の代わりにもなる、らしい。

「メニュー表示と念じてみてください。メニュー画面が投影されるはずです。どうしてもダメならば、そのカードを二度擦ればメニューが表示されます」

「へぇ……あっ、出た」

フォンというなんとも言い難い音とともに出現したメニュー画面はどうもスマートフォンの画面のように硬質な素材で、操作感もそれによく似ていた。

まあ、半透明のホログラムを操作しろと言われるよりはいいのかもしれない。

画面にはまだメニューの項目はなく、真ん中に「初期設定」の四文字があるだけだった。

「設定を始めましょう。まずは種族を選んでください」

初期設定を押すと、二つの項目が現れる。

人間、そして亜人。

亜人に関しては、そこから更にツリーが開けるようだった。

私は亜人の欄を開いて、ずらりと並ぶ項目の中からリンちゃんと相談して決めていた一つの種族を探していく。

エルフ、獣人、ドワーフなどの有名どころから、小人などのVR特有の特殊なアバターの種族が目に入り、前情報としてきちんと知っていてもその量に圧倒される。

そんなこんなで一度スクロールして見つけられなかったので一旦戻り、もう一度改めてスクロールしてようやく発見したひとつの種族を選択した。

それは《鬼人族》。非常に偏った性能を持つ、ピーキーな種族だ。

「種族を選びましたら、アバターの造形を決めてください」

ナビゲーターの言葉に合わせて、メニュー画面に私のものであろうアバターが表示された。

黒髪、黒目、額に申し訳程度の小さなツノ。

身長はリアル同様百五十五センチ。悲しいほどに慎《つつ》ましやかな体もそのままである。泣きたい。

あ、おっぱい盛れる……いやいや、なんかそれをやったら負けな気がする。くっ、私もリンちゃんくらいあったらなぁ……。

なんとか誘惑に打ち勝って、髪の長さをショートからセミロングに変えるに留めた。

リンちゃんもそのままにしてるって言ってたし、そこまでいじらなくてもいいだろう。

「アバターの造形が終わりましたら、スキルを二つお選びください。現在人気のスキルは《片手剣》スキルと《雷属性魔法》スキルです」

ご丁寧にこれまでのプレイヤーの中で流行りのスキルを教えてくれるらしい。

せっかくのファンタジー世界だ。確かに剣を使いたくなる気持ちはよくわかるし、魔法は夢だろう。

ただ、私はそれを選ぶつもりは無かった。

というより、半分は選ぶことができないとも言える。

具体的には魔法のスキル。私はこのゲームを始めるにあたって、この項目を完全に捨てていた。

なぜかと言うと、《鬼人族》は魔法関連のステータスが著しく低いのだ。

簡単に言うと、魔法発動に必要なＭＰ、魔法攻撃力に関わる知力、魔法防御力に関わる魔防の三つのステータスが極めて低く、その上に成長補正がマイナス75％というえげつないカット率を誇る。

これはつまり、レベルアップで本来上がるはずのポイントが20あるとすると、5しか上がらないということだ。

代わりといってはなんだが、攻撃に関わる筋力、防御力に関わる頑丈、クリティカル率や生産職に必須の器用、そして敏捷《びんしょう》性に関わる敏捷に大幅な上昇補正が掛けられる。

要するに物理一辺倒のピーキーキャラ。

それが《鬼人族》という種族だった。

そんな訳で選べない魔法系スキルは無視して、とりあえず決めていた《打撃武器》スキルを取る。

《片手剣》じゃないのかって？　私は刃物の扱いに長けてないので……。

鬼に金棒、という訳ではないが、私としては剣よりも棍《こん》棒やらバットの方が使いやすい。

というより、現代に生きている日本人ならまず間違いなく打撃武器の方が使いやすいだろう。

何せ殴りつけるだけでそれなりに戦えるし、武器の全部が攻撃に使える。

剣は腹を叩きつけると折れるし、刃を立てないと切れない。

流石にゲームで綺麗な剣筋を求められる訳ではないだろうとは思うけども、ゲーム慣れしていない私には楽な武器の方が都合がよかった。

もう一つは《投擲《とうてき》》スキル。

鬼人族は魔法がほぼ使えない。

それはつまり遠距離攻撃の手段に乏しいという事だ。

それを補うためのスキル。最悪その辺の石ころでも武器にできるそうなので、武器が壊れた時にも役立つかもしれない。

「スキルを選びましたら、ステータスの初期ポイントを振ってください」

流れのままに画面をタップしていくと、ズラッとステータス画面が開かれた。

PN：
種族：《鬼人族》
職業：
所持金：1000イリス

ステータス
HP：39
MP：0
SP：26
筋力：13
頑丈：13
器用：13
敏捷：13

知力：0
魔防：0
幸運：10
残りステータスポイント：10

スキル
《打撃武器》：熟練度0　《投擲》：熟練度0

これを見ていると、鬼人族のステータスに関する上昇補正がおおよそ把握できた。

三割。30％。それが上昇補正のようだ。

これを見る限り、どうもHPとSPにも上昇補正が入っていることがわかる。

ステータス補正が一切ない場合、それぞれの基本値は30と20のはずだからだ。

ちなみにSPはスタミナのことで、スキルの使用や攻撃、ダッシュや回避といった行動で消耗されるらしい。

MPと違ってサクサク自動回復するけれど、無造作に使うと戦闘中に動けなくなる。

つまり、《WorldLive-ONLINE》は俗に言うスタミナ管理が欠かせないゲームであるということは念頭に置かねばならない。

それはそれとして、魔法ステータスの初期値は前知識の通りだった。初期値0ともなるともはや清々しいレベルだ。

ゲームによってはＬｕｃｋなんて言い方もする幸運は、初期値のまま手付かずだった。

とりあえずステータスポイントは筋力と器用に半々で振る。

なんでも、器用が上がるとアバターの操作感の柔軟性が上がるそうだ。

試しに前屈をしてみると、現実の私より遥かにカチカチの身体だった。５追加した程度では目立った変化はなさそうだ。

「ステータスを決めましたら、初期装備をお選びください」

これに関しては取ったスキルに合わせた初心者用装備を選べということだと思うので、棍棒を選ぶ。

棍棒のステータスをみれば、《打撃武器》にカテゴライズされていることも確認できた。

「初期装備を選びましたら、お名前を選択してください」

名前。大事なところだと思う。

《絶影》とか、《漆黒の堕天使》とか、そんな風な名前をつける人もいるのだろう。

一生物の黒歴史の誕生である。

私は滅多なことでは自主的にゲームをすることはなかったけれど、ゲームをすることになったら、必ず同じ名前をつけることにしている。

それはリンちゃんが小さな頃、覚えたての知識を総動員して考えてくれたプレゼント。

《スクナ》。それが、私のプレイヤーネームだ。

幸いにして先行した一万人にも、そしてきっと私より早くチュートリアルを終わらせた第二陣の中にも、この名前を使っている人はいなかった。

名前被りを許さないタイプのゲームは後発が不利だよな、なんて考えながら名前を決めると、メニュー画面が音もなく消えた。

「旅人スクナ。貴方の旅路をお祈りしております」

微笑みと共にゆるりと振られた腕から、魔法陣が足元に飛んでくる。

一瞬の視界の暗転の後に、私は喧騒《けんそう》の中に飛ばされていた。

《始まりの街》。そんな、ある意味では名も無き街に、私はついに足を踏み入れたのだった。

＊＊＊

五匹の狼が、一人の少女を襲っている。

正面から二匹が両腕を狙って噛み付かんと飛びかかる。

その間に一匹は失敗に備えて背後へと回り、残り二匹は警戒するように周囲を抑える。

一見すると隙のないその布陣は、しかし少女を捉えることはなかった。

少女は大きく右にステップすると、空中にいるせいで無防備な狼の背骨を砕くように右手の棍棒を叩きつける。

ゴシャッと音を立てて折れ曲がり、地面に落ちた狼を無視して、距離を取ろうとするもう一匹に逆手《さかて》に持ち替えた棍棒を投擲した。

まっすぐに飛んでくる棍棒は逃げる狼の脚に当たり、痛みで足を止めた狼は既に後ろに迫っていた少女によって踏みつけられる。

哀れな狼は拾い上げられた棍棒によってポリゴン片へと還った。

二匹のカバーに入るはずだった三匹に、わずか数秒のうちに行われた暴力を止める術はなく。

動揺している内に、後ろに回り込もうとしていたもう一匹に向けて石ころが直撃する。

怯《ひる》んだ時点で目の前には少女が立っていて、両手で振り下ろされた棍棒が狼の脳天を打ち据えた。

一匹が死に、二匹が瀕死。

狩りのはずがあっという間に狩られる側に回った残りの二匹は、戸惑いを捨てて少女に特攻する。

胴体を狙った時間差での突進攻撃。

回避されてもその先を叩くという捨て身の攻撃は、一匹目が叩き伏せられるという純粋な暴力で塵《ちり》と化した。

残る一匹はもはや足を止めることは出来ずに飛びかかり、顎をカチ上げられて動けなくなったところを潰されてポリゴンへと散った。

「初めから五匹でかかってこないから……」

機動力を奪われた瀕死の三匹をゴッガッグシャッと音を立てて屠《ほふ》った少女は、飛び散る赤いポリゴンの中で残念そうに呟いた。

「相変わらず人外すぎるわ……」

そんな凄惨《せいさん》すぎる撲殺劇を見せた親友《スクナ》の姿を、私ことリンネは諦めを含んだ笑みを浮かべて眺めていた。


プレイヤーネーム、《リンネ》。

それがこのゲームでの私の名前。

誰よりも早くこの名前を取るために最速で初期設定を終わらせた私の努力は、ちゃんと報われたのだ。

今日はナナと、七年ぶりにするゲームの日だ。

興奮で眠れないのに、ベッドからナナの匂いがして余計に眠れなくなるなんていう本末転倒なことをしながらも、無理矢理取った睡眠のおかげで頭は軽い。

このゲームをナナとやってみたい。

いや、このゲームをナナにやらせてあげたい。

そんな思いが抑えきれずに電話したら、まさかちょうどナナが失業しているなんて思わなかった。

そして、神がかった幸運に感謝の祈りを捧げて、急いで各所に根回しをした。

前々から話だけは通しておいた甲斐もあり、ナナの承諾も得られて、晴れて私はナナとゲームを楽しむ時間を手に入れたのである。

正直な話、プロゲーマーにする云々《うんぬん》はどうでもよかったのだ。

彼女が一緒にゲームをしてくれると言った時点で一生養う気満々だったし。

ただ、さんざん存在を匂わせてきたとはいえ、ただの一般人と公式の配信で特別に仲良くするのはあまりよろしくないのも事実である。

それを誤魔化すためにナナをＶＲ部門に引っ張りこめたらいいなぁという、その程度の話でしかなかった。

ただ、私は何も打算だけでナナをＶＲ部門に引き込んだわけではない。

ナナは言うなれば「リアルチート」の権化《ごんげ》だ。

そもそもの身体能力が人間のそれではない。

体力測定は手を抜いても余裕の最高ランク。

運動に関しては一目見ればなんでもできて、体を使うことであればやりたいと思ったことをそのまま実行できる器用さもある。

視力も望遠鏡並みで、動体視力も群を抜く。真面目な話、人間なのか疑うほどのチートスペックをしている。

その上、体力が異常だ。

週七回、毎日十数時間働いて、それを何年もの間繰り返せる人間はいない。

まして彼女のソレはほとんどが接客系か肉体労働。その疲労感はデスクワークの比ではないのだ。

それを事も無げにこなして、疲れのひとつも見せずに笑っている。

その実態を知る者は私くらいのものだろうが、知れば誰もがありえないと言うだろう。

話が逸れたが、そう、ナナは知略系でなければ尋常ではないほどにゲームが上手い。

そして、フルダイブVRゲームに必要な適性の一つと言われる《運動神経》が人外のソレだ。

私は知っている。

ナナが常に己の高すぎる身体能力を抑え続けていることも、それにストレスを感じていることも。

結局のところ、彼女が気狂いのように働いていたのは、有り余る体力を持て余しているからだ。

それを知っていて、日々の生活の中で解消する方法を見つけられなかったから、私はあの子のバイト生活を見逃していたのだ。

スポーツをやらないのは、自分の並外れた能力が狡《ずる》のように感じてしまうからだと、ナナは寂しそうな目で言っていた。

でも。このゲームの中なら、ナナは自由に生きられる。

数値によって定められた身体能力は平等を生む。

平等な下地がある以上、そこから先は「プレイヤースキル」の一言で済ませられるのだ。

ナナが思うままに、自由に過ごせる世界。

《ＷｏｒｌｄＬｉｖｅ－ＯＮＬＩＮＥ》はそれを可能にするだけの世界だと、私は確信していた。

＊＊＊

「じゃ、今日もワローやって行きましょう。今日は予告通り、私のリア友兼、今日からは同僚になるナナとやっていきまーす」

『待ってた』

『遂にこの時が』

『嬉しいのう嬉しいのう』

『おまどうま！』

『動画じゃなくて配信定期』

同時接続数は放送開始前から一万を超えていたが、今は五万近くまで跳ね上がっている。

普段から三万くらいは見てくれているけれど、流石に今日は話題性が違ったのだろう。

今日は待ちに待ったナナとのデーt……ではなく、ゲームプレイの時間である。

一応お披露目も兼ねているし、始まりの街の案内も約束しているから、真面目な配信になる予定だった。

盛り上がるコメントを見て少し嬉しくなりつつ、私は一応予防線を貼っておくことにした。

「私の友人であること、これまで無名だったこと、まあ色々言いたいことはあるかもしれないけどね。実力だけは本物だと私から太鼓判《たいこばん》を押しておくわ。後は今日の配信で是非を確かめてちょうだい」

『うおおおおぉ』

『ま、お手並み拝見かな』

『パワーレベリングすんの？』

『名人様すこ』

『色眼鏡じゃないことを祈る』

『ナナって女の子？』

「パワーレベリングはしないわ。する必要が無いからね。ナナの性別は……っと、メールが来たわ。もう広場にいるって」

『初期設定もう終わったんか』

『早いな』

『リンネの友人なら初期ビルドくらいサササッと決めてるのでは』

『でもこのゲームアバター作るの結構時間かかるんだぞ』

『もしや弄《いじ》ってないのでは』

『リンネ自身が名前を取るために最速で初期設定終わらせてんだよなぁ』

勢いよく流れるコメントの中から、気になるところをチョイスする。

配信のコメント掲示板は、私だけの視界に映るウィンドウを勢いよく流れている。

ライブ配信の許可を得たプレイヤーにはこういった機能が追加され、同時に撮影中であることを示す宝玉がふわふわとプレイヤーの周りを漂うようになっている。

ピントが合うのはプレイヤーから半径数メートル程度で、それ以上はプレイヤーの顔に限り認識できなくなる。

だから、例えば情報を秘匿《ひとく》して配信者に映されたくないプレイヤーは、宝玉がふわふわしているプレイヤーから少し離れていればいいわけだ。

個人個人の完全非公開設定なんてものもあるので、最悪の場合はそれでもいい。

あらゆる配信で常にモザイクの人になるが、プライベートは守られていると言えるだろう。

しかし、まだ第二陣のサービスが開始してから十分も経っていない。

チラホラと初期設定を終えて転移してくる第二陣のプレイヤーはいるが、それでも早いことに違いはなかった。

始まりの街の噴水広場をナナを探して練り歩いていると、不意に噴水に腰掛けている黒髪の鬼人族を見つけた。

間違いない。あれはナナだ。だってアバターがリアルそのままで……。

配信者としての都合上アバターを弄っていない私が言えることではないのだけれど、私が施《ほどこ》したネットリテラシー講座はあまりナナの頭には響かなかったようだった。

「あの黒髪の鬼人族の子がそうね。ナナ！」

「リンちゃん！　わぁ、立派な装備だね」

「まあ、二週間もあればこのくらいはね。ナナ、ＰＮは？」

「スクナ。リンちゃんがくれた、大事な名前だからね」

「ちょっ……そ、そうね。私はこのゲームでもリンネだから、まあ呼び名は変えなくていいわ」

『可愛い』
『可愛い』
『可愛いやん』
『リンちゃんちっす笑』
『リンネがリンちゃん……ぶふっ』
『スクナちゃんhshs』
『リンナナ尊い……』
『リンスクでは？』
『大事な名前……閃《ひらめ》いた』

「笑ったやつBANするわよ」

『ひぇっ』
『ひぇっ』
『ひぇっ』
『ひぇっ』

「という訳でー……彼女がナナ、もといスクナよ」

「えーと、この丸いのがカメラ？　スクナです、新参者ですがよろしくお願いします」

「配信権限は付与されてるから、明日にでも一人で配信することになると思うわ」


『よろしく』

『よろしく』

『よろしくな！』

『よろしくお願いします』

『リンちゃんと比べると色々ちっちゃいな』

『礼儀正しいのは好評価』

『黒髪ひんぬー鬼っ娘……いい……』

『こんなに可愛い子の初期装備が棍棒ってマジ？』

『ほんまや草』

『鬼に棍棒』

『それ金棒や』


掴みは、まあ悪くないだろう。

それにしても、本当に棍棒を選んだらしい。

始める前から、使いやすそうだから棍棒かなー、とは言っていた。

棍棒は耐久性も高く攻撃力もあるが、如何《いかん》せんあまりにも見た目がよろしくない。

ファンタジー世界で棍棒ってどうなの？　という意見が多く、正直なところ不人気な武器だった。

実際、初心者の剣とは武器の属性が違うだけで性能は一緒だしね。

「とりあえず、狩りに行きましょう。混雑してくるとモンスターのポップを探す方が難しくなるからね」

「わかったー」

「始まりの街については、歩きながら説明するわ」


『ほのぼのするなぁ』

『姉妹みたい』

『どっちかてーと師弟かな』

『装備の差が激しいんだよなぁ』

『リンネそっち南門だぞ』

『南の適正6レベじゃなかったっけ』

『狼が強すぎる』

パワーレベリングはしないと言った。

実際、私が弱らせてスクナにトドメを刺させるようなことをしても楽しくはないだろう。

ただ、私はスクナの実力をリスナーに見せるのに、最適なのは南だと判断したのだ。

＊＊＊

始まりの街の東西南北にはそれぞれ門があって、別々の生態系を有した草原フィールドが広がっている。

例えば北は難易度が低く、主に《ボア》と呼ばれるノンアクティブの雑魚が屯《たむろ》する穏やかな草原で、西は《ホーンラビ》という角付き兎がぴょこぴょこしている少し危険な草原がある。

次の街に繋がるのは北の草原の方で、道なりに先に進むとダンジョンがあったりする。

そして南は草原の先に《果ての森》と呼ばれる広域ダンジョンがあるだけで、ステージとしては行き止まりだ。

ただ、雑魚のレベルが他の門より段違いに高い。

具体的に言うと《ウルフ》という狼の魔物が強い。こいつら、ただでさえ強いくせに群れるのだ。

「それじゃあ、これから狩りを始めるわ。私は基本手を出しません。スクナの自由に戦っていいわよ」

「了解。ねぇリンちゃん、投擲スキルで使える石ころって、その辺に落ちてるのでいいの？」

「攻撃力はほとんどないけど、そうね」

「いくつか拾っとこう」

『石ころ拾い』

『投擲スキル持ち？』

『打撃武器と投擲か』

『地雷って訳じゃないが珍しいよな』

『打撃武器は実用的だぞ。初期装備の見た日がイマイチなだけだ』

『派生後のメイスからが本番だよな』

『てかマジで南で狩りすんのか』

『リンネ初日にここ来て発狂してたよな』

『発狂（無表情で魔法連打）』

『あれはトラウマもの』


道を歩きながらそこら中から石を拾い集めているスクナを見守っていると、草原の奥に敵影が見えた。

草原屈指の強モブ、《ウルフ》だ。

「スクナ、しょうめ……」

「うん、見えてるよ」

流石と言うべきだろうか。

私より遥かに早く敵影を捕捉《ほそく》していたスクナは、私を守るように前に出た。

ウルフのレベルは3から5のランダム。目の前のウルフは4と、強さ的には中間だ。

ウルフの特徴はその素早さと攻撃力にある。

打たれ弱い代わりに攻撃に特化した彼らは、動きの速い獣に慣れていない現代日本人の初心者《ビギナー》には中々の鬼門となるのだ。

躊躇《ためら》うことなく、一直線に突進してくるウルフに対して、スクナが取ったのは投擲の構え。

手にした石ころを振りかぶると、軽い様子でスキルを発動した。

「《シュート》」

スキルの光を纏って飛んでいった石ころは、寸分違わずウルフの眉間《みけん》に直撃してHPを少し削り取る。

だが、ウルフにとって致命的だったのはダメージではなく、怯んだことにより動きが緩んでしまったことだった。

既にほど近くまで接近していたウルフに対して自ら間合いを詰めたスクナは、いつの間にか抜いていた棍棒をすれ違いざまに振り抜いた。

緩んだとはいえそれなりの速さだった自分と、駆け抜けるように叩きつけられた棍棒の力により、交通事故のごとくウルフは後ろにはね飛ばされる。

何度か地面を転がって立ち上がろうとした時には、追撃が振り下ろされたあとだった。

脳天を割るような一撃に揺れるウルフに、寸分違わず再び脳天。

「《叩きつけ》」

ゴッゴッゴッと三度ほど脳天を叩いた後、スキルを利用した両手での振り下ろしが直撃し、ウルフは絶命してポリゴンと化した。

「ふー……お、レベルアップした」

嬉しそうに頬を綻《ほころ》ばせるスクナの姿に惑わされそうになるが、コメント掲示板の空気は冷え切っている。

『ひぇっ』
『嘘やろ』
『殺意が高すぎる』
『顔面殴打からの脳天五連撃は……』
『その前に投擲を当てられることがすげぇ。あれ完全にPS依存だぞ』
『鬼やん』
『鬼人族だから実際鬼』
『レベル1の動きじゃねぇ』

エグい。

その一言に尽きた。

モンスターを倒すんじゃなく、狼を殺すための戦いだった。

怯えどころか、楽しそうでさえあった。

「リンちゃん、レベルアップしたー」

「え、ええ。おめでと。ステータスポイントの割り振りは決めた？」

「筋力と器用に半々で残りはそのままだよ」

「そう……まだ動きづらい？」

「流石にね。まあ、この分だと思ったより早く調子取り戻せそうだから大丈夫」

低レベルのアバターでは、スクナのリアルとの能力差は大きい。

それを埋めるために彼女は器用の値を上げているのだろう。

このゲーム、器用さのステータスはめちゃくちゃ重要だからね。

「どう、リスナーのみんな。これがナナ。期待したくなるの、わかるでしょ？」


『獣のような動きじゃった』

『言ってもウルフ一体くらいならなぁ』

『撲殺系鬼っ娘すこ』

『この程度ならそこそこおるけど、まあ確かに素質は感じた』


コメント掲示板からはそれでもいくらか否定の言葉が出てきたが、その後に襲いかかってきた五匹のウルフの群れを一掃したナナを見て、全員が掌《てのひら》をひっくり返すのだった。

＊＊＊

ウルフを五匹倒したところで、再びレベルアップの音が響いた。

余りポイントが6になったので、敏捷と器用に3ずつ割り振ってやる。

急所を打てばそれほど力がなくても機動力を奪える訳で、それならより正確かつ素早く攻撃できるようにしたいのだ。

素で高い物理ステータスでゴリ押し気味に倒せたけれど、今後のことを考えると敏捷はいくらあっても足りなさそうだ。

さっきのウルフ程度の速度でならいいけれど、雷の魔法なんて名前からして速そうでしょ？

壊滅的な魔防を補うためにも、回避に関わる敏捷はしっかりと上げておかなければならない。

というより、魔法を捌《さば》く方法も考えなければなと思いながら、ステータスの割り振りを終了した。

「無事でよかったわ」

「うん。まあ、経験値になったし結果オーライかな」

ウルフ。あれは私と相性がいい気がする。

確かにそこそこ速いのだろうが、防御があまりにも薄い。多少筋力が上がった今の私なら、急所を叩くことであっさり行動不能にできる。

「配信のコメントもなかなか盛り上がってるわよ？」

「おー、それはよかった」

「反応もまあ、概ね好印象かしら」

まだそんなに好印象を与えられるようなことをした記憶はないけれど、リンちゃんの言うことだ。きっと事実なんだろう。

配信のコメントは視聴者と配信者にしか見ることができないから、私はそう思うしかなかった。

「この後、どうする？」

「とりあえずひたすら狩りかしら。第二陣のボリューム層が街に溢れかえる前に草原の先に行けるようにしておきたいのよ」

「えーと、リソースの食い合い、だっけ？」

「そういうこと。幸い、この先の《果ての森》は魔法系のモンスターがほとんどいないから、行けるようになればスクナのいい狩場になると思うわ」

リソースの食い合いというと難しく感じるが、要するに百匹しかいないモンスターを一万人で狙おうとすれば奪い合いになるよね、ということだ。

スーパーの特売なんかを思えばイメージしやすいかもしれない。

広大なフィールドとはいえ、モンスターの出現には流石に限度というものがあるのだ。

ちなみにモンスターの出現をポップ、再出現をリポップと言う。

「もう少し先に行くと、さっきみたいにウルフが群れてくるわ。本来なら危険だからオススメしたくないんだけど、さっきのを見る限りそっちの方が効率良さそうよね」

「うん。十匹くらいまでなら、今のままでもやれると思うよ」

「頼もしいわね。じゃあ行きましょうか」

話し合いの結果、南の平原をさらに先に進むことになった。

そういえば、さっきから私しか戦っていないけど、リンちゃんはどんな戦い方をするんだろう。

そんなことを少しだけ疑問に思ったが、少なくとも二週間先行しているリンちゃんが戦いに参加したら私は何もすることがなくなってしまう。

とりあえずレベリング。そしてリンちゃんに追いつく。

話はそれからだと、私は気を引き締めた。

＊＊＊

両サイドから同時に飛び掛ってくる狼をバックステップで躱《かわ》して、左に流れた方の背中を思い切り殴り付ける。

ひしゃげるように折れ曲がったそっちを無視して右のウルフに石ころを投擲。

着地した直後のウルフはまさかの飛び道具に反応できずに怯み、投擲と同時に距離を詰めていた私はそのままウルフの脳天に棍棒を《叩きつけ》た。

「あれっ？」

初めてワンパンで爆散したウルフに驚くも、そんな場合でもない。

スキルを使用したことで一瞬硬直したタイミングで別のウルフが背中から飛び掛ってきたが、硬直の解除と同時に棍棒を思い切り後ろに振り抜く。

残念ながら棍棒は直撃しなかったものの腕が当たったようで、叩き落とされた狼を足で踏みつけて動きを封じてから撲殺する。

最後に、最初に背骨を折り砕いて動きを封じたウルフを《叩きつけ》で倒した。

「ふぃ〜」

最近のゲームは凄いものだ。

モンスターの体内まできちんと作り込まれているのだろう。

だから顎を攻撃すれば脳が揺れるし、足を砕けば動かなくなる。

HPが残っている限り死にはしないが、多分剣とかなら首を落とせばクリティカルで即死とかあるんだろうな。

戦闘が終了したからだろう。

経験値が入り、レベルアップの通知が来た。

通算六度目になるから今回でレベルは7だ。

ステータスの割り振りを済ませて、改めて自分のステータスを確認する。

PN：スクナ
Lv：7

種族：《鬼人族》
職業：
所持金：４８８０イリス

ステータス
HP：１２０
MP：7
SP：65
筋力：35
頑丈：28
器用：48
敏捷：41
知力：3
魔防：3
幸運：22
残りステータスポイント：０

装備

武器：棍棒
頭：なし
胴：麻のシャツ
腕：なし
脚：麻のズボン
靴：皮の靴

スキル
《打撃武器》熟練度：10　《投擲》熟練度：7

器用はレベルアップ分の半分を常に注ぎ込んだおかげで、かなり具合よく育っている。

最初に比べれば格段に、思った通りの動きに近づいていると言っていいだろう。

敏捷もレベル3から欠かさず増やしたおかげでかなりのものだ。

筋力もボチボチ。ウルフばかりのこの辺りでは増やす必要も感じないので、おいおいやっていけばいいだろう。

お金も地味に貯まった気がする。

問題はスキルの熟練度だ。

基準が全くわからない。

「スキルの熟練度ってどのくらいまで上げられるんだろ……」

「公式で発表してるけど、基本は１０００。後は物によりけりね。《打撃武器》スキルは派生してからが本番らしいわよ？」

「派生？」

「例えば《片手用メイス》スキルとか、《両手用メイス》スキルとか、珍しいところだと《両手棍》スキルなんかも打撃武器の派生よ。《片手剣》だと《曲刀》とか《両手剣》とかね。最初に選べる武器スキル自体も極めると強力だけど、こういう派生させての楽しみ方もあるってわけ」

意外と細かく武器の種類が設定されているようだ。

ゲームによっては《メイス》なり《ハンマー》という形で纏められてもおかしくないのに。

ちなみに、両手棍というのは恐らく《棒術》とか呼ばれる武術で使う武器のことだろう。

穂先のない槍みたいな物で、シンプルなものだとパッと見は棒にしか見えない。

伸びない如意棒って言えばわかるかな？　切り裂《さ》くことはできないけど、叩く、突く、払う、受け流すといった基本的な動作に秀でている。

シンプルな威力では力が集約するメイスに軍配が上がるけど、総合的な使い勝手と長さで棍が勝るって感じ。

「なるほどね。《打撃武器》スキルを伸ばしていくのもありではあるけど……ってことか」

「ぶっちゃけ、打撃武器って少し特殊なのよね。メイス持っても棍棒持っても《打撃武器》のアーツ……あ、スキルで覚える技のことね。それは使えるの。ただ、熟練度が最大で５００しかなくて、他のスキルにあるような高火力のアーツが覚えられないらしいのよ。だからみんな乗り換えるんだって」

「ふーん……まあ、剣使いの人たちもみんな片手剣から始めるんだろうし、そういうものなのかな」

《打撃武器》スキルが繋ぎ用であると判明してしまったものの、冷静に考えると両手剣を使いたい人も《片手剣》スキルを繋ぎにしなければならないわけで。

決して打撃武器が不遇なわけではないのだった。

実際、《打撃武器》スキルで覚えた技……アーツ？　自体はあらゆる打撃武器で使えるらしいし、上げておいて損はないだろう。

強敵相手に必殺技が必要だとしても、雑魚にはシンプルな技が便利だったりするのが世の常だ。

両手で持って振り抜くだけの《叩きつけ》の便利さといったらない。

「ちなみに《片手用メイス》スキルでだいたい30くらいから解放されるみたい」

「あ、やっぱり数値解放なんだ」

「特殊な条件だったりすることもあるらしいわよ。《刀》スキルとかはそうだって」

「ロマンあるねぇ」

刀。居合とかできるんだろうか。

しゅぱしゅぱ敵を切り刻んでいけたら爽快だと思うが、私的には扱いを間違えてポッキリ折りそうだ。

その点打撃武器はいい。力任せにボコスカ殴るだけである。

「やっぱ打撃こそシンプルな暴力ですよ」

「いきなり何言ってるのよ……」

思わず漏れた言葉を聞いて、リンちゃんはやベーやつを見る目で私を見ていた。

＊＊＊

その後、私たちは平原のさらなる奥に進み、リソースいっぱいのウルフ祭りを楽しんでから始まりの街に帰還した。

レベル10は達成したものの、リンちゃんの放送を見ていたリスナーたちの間で私に《撲殺鬼娘》という異名がつけられたそうな。

も、もうちょっとおしとやかに行こうかな……。

レベルが10になるまで狩りを続け、なんだかんだと帰りにもうひとつレベルを上げた私たちは、始まりの街に戻っていた。

時間的には五時間も経っていないので、プレイそのものはまだまだできる。

ただ、私たちの前にアイテムのインベントリが音を上げてしまったのだ。

大量のウルフ素材が蓄積されたインベントリはステータス規制がかかるほどに重くなり、仕方なくいくつかの安い素材を捨てて帰ってきた訳だ。

ウルフ素材はそこそこ金になるようで、リンネに指定された素材だけ残して後はＮＰＣショップに売り払った。

その結果、私のメニューカードのステータスには３００００イリスを超える、初期資金から比べれば中々の数字が記されていた。

「だいぶお金も貯まったよ」

「なんだかんだでウルフは割がいいのよね。硬いくせに大した素材も落とさないボアよりはよっぽど。その分、ウルフの方が遥かに危険度も高いんだけど」

《ボア》というのは北の平原に生息する雑魚モンスターで、基本的にノンアクティブな優しいモブらしい。

大抵は初心者の初戦闘の相手になる。

きちんと攻撃を当てれば簡単に倒せるが、初めて戦う人にとってはなかなか苦戦することもあるそうだ。

レベルの割にタフでもある。

慣れればサンドバッグのようなものだとリンちゃんは鼻を鳴らしていた。

話を戻して、私たちは街の東区にいる。

ここはいわゆる商店街だ。

アイテム屋が立ち並び、そのどれもにプレイヤーが並んでいる。

新規プレイヤー流入のピークは過ぎたと思うけど、未だにごった返す人混みは見ていて目眩《めまい》がしそうなほどだった。

確かに、これを見ているとさっさと始まりの街は抜けた方が良さそうだと思えてしまう。

「せっかく街に戻ってきたんだし、武具を揃えたいわよね」

商店街の人混みを慣れた様子ですいすい進んでいくリンちゃんに手を引かれて、私もそれに習うようについていく。

武具を揃える、そう言って私が連れてこられたのは、遠目から見てもわかるほどに大きな建物だった。

「ここが始まりの街の武具店。複合商業施設みたいな所よ。一階は武器毎《ごと》に店舗が入ってて、防具は上の階。武器から見たいところだと思うけど、まずは防具を見ましょう。流石に麻の服セットじゃこの先やっていけないわ」

「まあ防具ではないよね、これは」

《麻の服セット》とは、初心者装備ということでとてつもない耐久を持ってはいるものの、防具としての補正効果は一切ないただの衣服である。

ちなみに耐久はそのアイテムが破損《ロスト》するか否かを決めるステータスであって、防御力とはまた別だ。

「鬼人族の物理ステータスなら、始まりの街の装備でつけられないものは無いはずよ。一応装備の重量が一定を超えると敏捷に下降補正がかかるから気をつけて選んでね」

「わかった。店員さんとか居ないんだね」

「混雑してくると一人一人対応する暇がないからね。ちょっと味気ないけど、システム的に処理した方がいいこともあるのよ。無人のＮＰＣショップは始まりの街の特色ね」

私の他にも武具を選びに来たプレイヤーはそれなりにいるものの、ごった返す街中ほどではない。

なぜだろうと値札を見てみると、安いものでも《2000イリス》や《3000イリス》、高いものだと《5000イリス》から《8000イリス》位のものまで幅広く置かれている。

ウルフをそこそこ狩ったレベル7の私でも5000イリスは持ってなかったから、単純に武具を買うほど金を持っているプレイヤーが少ないのだろう。

プレイヤーが居ない理由は思ったより単純なところにあった。

とはいえ空いているならありがたいことだと、私は防具を吟味することにした。

WLOでは、防具の装着は《頭部》《胴体》《腕》《脚》《靴》の五部位ある。

この他にアクセサリーの枠があるそうだが、それは割愛《かつあい》。

私はこれまでウルフと戦ってきた中で、真っ先に欲しかった装備があった。

それは腕装備。より正確に言うなら、ガントレットのような物が欲しいのだ。

私は現状、ヒットアンドアウェイとカウンターを主軸にしているが、できれば敵を腕や脚にあえて食らいつかせてゴリ押せるようにしたい。

そのためにガントレットが欲しい。

脚も、グリーブがあるなら買っておきたい。

胴体や頭の装備も気にはなるが、一番狙われやすく盾にしやすい四肢から守りを固めたかった。

「一番下のが《なめし革の篭手《こて》》と《なめし革のグリーブ》ね……」

それぞれ、お値段は《500イリス》。店売りの中では安い部類だ。

茶色の皮はウルフのものではなさそうだが、果たして何が素材なのやら。

ボアのものなのかもしれないと思いつつ、防御が心許なそうなそれらを棚に戻した。

「《鉄板シリーズ》。ちょっと値が張るけど、これがいいかな」

見た目は《なめし革シリーズ》とそう変わりないが、随所に鉄板が縫い付けられていて、ついでに体を覆ってくれる範囲も広めだ。

篭手とグリーブを揃いで買っても《4000イリス》。なめし革の四倍だが、所持金を考えれば問題なく買える。

私はまずこの二つの装備を購入して、メニューから装備してみた。

胴体が相変わらず心許ないが、少しはマシな見た目になった気がした。

「あら、篭手とグリーブ？　なかなか似合ってるわよ」

「ありがと。なんか少し強くなった気がするよ」

私を放ってウィンドウショッピングに勤しんでいたリンちゃんの素直な褒め言葉を受け取りつつ、私は次なる装備を探す。

頭は大事だ。しかし、ガチガチのフルフェイスの兜《かぶと》は御免被《こうむ》りたい。

色々悩んだのだが、頭は《鉄の鉢金《はちがね》》という鉢巻に鉄を縫いつけた簡易兜にした。お値段《3000イリス》。

後は胴と脚か。グリーブがかなり高いところまで脚を保護してくれてはいるのだが、一応グリーブは靴装備の扱いなのだ。

鎧に関してはかなり奮発した。

お値段《6000イリス》の《鎖帷子《くさりかたびら》》である。

脚に関しては装備と言うよりただの中着の扱いなのか、防具としての効果は現状では期待できそうもなく。

投げナイフを二つ挿せるホルダー付きの《ベルト付き革ズボン》というものがあったのでそれを購入した。意外と高くて《1500イリス》もした。

結局、防具に関しては14500イリスの買い物になった。

狼狩り様々である。

「リンちゃん、どうかな？」

「あら、鎖帷子にしたのね。高いけどいい判断だと思うわ」

「鉄の鎧よりは安いし、軽いからね」

「スクナは重戦士ではないからいいんじゃない？　鉢金のおかげで顔が見えるのもいいわね。高いけど女子には人気なのよ、鉢金」

「無骨な兜ってのはちょっとキツイよね」

「まあ帽子装備なんかもあるし、今後色々探したらいいわ」

そういえば、確かにリンちゃんは帽子を装備しているようだ。

薄茶色のふわふわしたローブ、やわらかそうな素材のズボンに革製のブーツ。腕は篭手ではなく手袋を装備している。そんな魔法使い然とした格好に、魔女の三角帽子がよく似合う。

今更ながら、見栄えのいい装備だった。

「結構お金余ってるわよね。武器も見ちゃいましょ」

防具を整えて一端のプレイヤーっぽく見えてくると、背中の棍棒が逆に浮いて見える。

断る理由もなく、私はリンちゃんと共に武器屋のある一階に降りた。

剣の専門店、槍の専門店、弓の専門店と武器種毎にある専門店の中から、打撃武器の専門店を探す。

私の《打撃武器》スキルの熟練度は現在25。

100くらいまではすんなり上がって、そこからはちまちまとしか上がらなくなるそうだけど、現状で派生スキルは見えていない。

もう少し待って派生スキルを見てから変えることも考えたけど、武器屋の誘惑に負けたのだった。

「《木製バット》《釘バット》《金属バット》……なんで三種類もあるんだろう」

バットと名のつく装備ではあるが、野球の道具に比べると少し太い。

棍棒よりは細いが、見慣れた持ち手が魅力的ではある。

お値段は一番高い金属バットで《2000イリス》。

悪くは無いが、ファンタジーの世界でバットを振り回したくはなかったのでそっと棚に戻した。

次に目をつけたのは《金棒》。鬼といえばこれだろう。

――――

アイテム：金棒

レア度：コモン
要求筋力値：20
攻撃力：＋15
耐久値：５００／５００
分類：《打撃武器》《片手用メイス》
シンプルな金棒。シンプル故に、その耐久は群を抜いている。

――

棍棒と太さは変わらず、長さはちょっと上。殺傷力を高めるためか先端の方には棘がついている。金棒というだけあって当然素材は金属製。中は詰まっている訳では無いのか、見た目ほどには重くなかった。

攻撃力の補正は金属バットよりいくらか高い分、重量がある。ちなみに金属バットの要求筋力値は5だった。

私の筋力なら防具を含めてもぎりぎり敏捷低下にはならない範囲だったので、見栄えも含めてこれを購入することにした。

お値段《８０００イリス》。大事に使おう。

「リンちゃん見て見て！　金棒！」

鬼という種族を選んだ時点で少しだけ期待していた武器を手に入れてはしゃぐ私を見て、リンちゃんは呆れたような笑みを浮かべた。

「……まあ、スクナなら買うと思ってたわ。鬼人族の打撃武器持ちは必ずそれを買うんだもの。しかも値段相応に強いのよね」

「結構重めだけど、しっくりくるよ。あと、耐久がめちゃくちゃ高いの」

「まあ、攻撃力だけ見たら2000イリスのブロードソードとかと大差ないもの。それの値段が高いのは耐久性の突き抜けた高さのせいなのよ」

棍棒は初期装備だからか5000というぶっちぎりで高い耐久度を誇っていたが、金棒も500というずば抜けた数値を誇っている。

ちなみに金属バットは200。これでも相当高い方なのだ。

金属バットと金棒の攻撃力は金棒が少し上回る程度。値段の割にはそう変わらないと言える。

ただ、耐久度が2・5倍違った。

その辺が、値段差の理由だろう。

まあ、金属バットにせよ金棒にせよ、他の武器よりは控えめな攻撃力というだけで棍棒よりは遥かに強い。

ちょっとやそっとでは壊れないというだけで頼もしい存在だった。

「どうする？　もう少し買い物していく？」

「うーん、せっかく装備変えたし狩りしたいなぁ」

「熱心ねぇ。じゃあ、道具屋だけは案内するわ。ポーションとかもいずれ必要になるもの」

「あ、ちょっと待って！　買いたいものがあるの忘れてた」

道具屋へと足を向けようとしたリンちゃんに声をかけて、私は投擲武器を売っているお店に向かう。

せっかくベルト付き革ズボンを買ったんだから、投げナイフを装着したかったのだ。

二本買って腰に差すと、余計にしっくりきて少しだけ笑みが零れた。

その後、私たちはＮＰＣの道具屋に行き、薄いハーブ味のポーションを買ったりして、再び狩りに出るのだった。

＊＊＊

装備を整えて再び南門へ。

流石に時間が経っていることもあって最初に来た時よりは人が増えているものの、それでも四つの門で一番難易度の高い南側は比較的空いている。

途中、リンちゃんがファンと交流したりしている間もウルフと戦っていた私は、装備の違いを如《じつ》実《に》に感じていた。

どうもこのゲーム、武器の重量がある程度ダメージの計算に組み込まれていて、表記上の攻撃力以上にダメージを与えられるみたいで。

木製の棍棒と金属の金棒では当たり前だけど重さが全然違う。

見た目的にも、要求筋力値的にもね。

その分取り回しにも技術が要求されるけど、もう慣れたからそこは問題ないのだ。

「せいっ！」

飛びかかってくるウルフをすれ違いざまに叩き飛ばせば、HPを一瞬で削り取られたウルフは空中でポリゴンと化して消えていく。

少なくとも二発は必要だった攻撃も、レベルを上げ武器を変えただけで随分と強化されたみたいだった。

「あはははは っ」

装備の重さが心地いい。

SPはその分減りやすいけど、待てば回復してくれる。

一瞬の加減速でも少量消費されるあたりは細かいなぁと思いつつ、後ろから首を狙ってくるウルフの上顎を掴んで右から襲ってくるウルフに叩きつける。

怯んだ二頭をモグラ叩きのごとくコンパクトに叩き潰した私は、表示されたリザルトを確認して息を吐いた。

「次はー……あっちに五匹見えるなぁ」

平原の奥の方、《果ての森》が見えるくらいまで来た辺りから、ウルフは単体では出現しなくなった。

一つの群れは三から十匹。多くなればなるほど出現率は下がる。

それでもたまには出てくるもので、十匹同時に襲ってきた時は少し興奮してしまった。

手の届く範囲にいるウルフの群れを見て、石ころをぶつけて呼び寄せようかなぁなんて考えていると、不意にリンちゃんから声をかけられた。

「スクナ」

「ん～、なぁに？」

「今、楽しい？」

「……うん、楽しいよ！」

返事と共に山なりに投げた石ころが、三十メートルほど離れたところでたむろしているウルフの一匹に当たる。

ヘイトは取れたから、後は全員ぶっ倒す。

一分後、最後の一匹がポリゴン片になるのを見届けて、私とリンちゃんは再び獲物を探し始めた。

＊＊＊

「あ、そう言えばスクナ、《探知》スキルって取った？」

そろそろウルフスレイヤーとか名乗ってもいいんじゃないかな。

そう思うほどにウルフの群れを狙って狩りをしていると、配信コメントと戦っていたリンちゃんが今思い出したといった様子で話しかけてきた。

「え？　取ってないけど」

「レベルが10を超えるとステータスにスキル枠が増えるでしょ？　ちゃんとガイドも表示されるはずなんだけど」

「あ、レベル7からステータスちゃんと開いてないや」

そんなことを言い出した私にリンちゃんは呆れたような目を向けてくる。

装備を整える時に能力値をざっと確認するくらいのことはしたけど、スキルまでは目を通してなかったな。

PN：スクナ
Lv：13
種族：《鬼人族》
職業：
所持金：17820イリス

ステータス
HP：195
MP：15
SP：104
筋力：51＋15
頑丈：44＋20

器用：64＋2
敏捷：57＋2
知力：6
魔防：6
幸運：34
残りステータスポイント：30

装備
武器：金棒
頭：鉄板の鉢金
胴：鎖帷子
腕：鉄板の篭手
脚：ベルト付きの革ズボン
靴：鉄板のグリーブ

スキル
※スキルの選択が可能です
《打撃武器》熟練度：35　《投擲》熟練度：20

「これかな」

スキルの選択が可能ですと、意味ありげに点滅している文字をタップすると、初期設定の時に提示されたリストに比べて遥かに多くのスキルが表示される。

「《探知》スキルはなんで必要なの?」

「スクナ、予定だと明日は南の平原の先にある《果ての森》に挑むでしょ? あの森の中はね、とにかく見通しが悪いのよ。しかも不意打ちとかいっぱいしてくる感じ」

「虫とか?」

「どちらかと言うと蛇ね。木の上から不意打ちで毒攻撃を仕掛けてくるの。だから、《探知》スキルは取っておいた方がいいわ。フィールドでも擬態とか潜伏してるモンスターを炙り出せるから、有用なスキルなのよ」

なるほど、と私は言われた通り《探知》スキルを取得した。

「あと一個選べるみたい。……あ、《片手用メイス》スキルが解放されてるよ!」

「埋めちゃっても大丈夫よ。スキルはセットしないと発動できないけど、一度上げた熟練度は下がらないし、その構成は何回でも入れ替えられるの。でも、あまり多くのスキルを取ろうとすると熟練度が疎《おろそ》かになるから、自分のスタイルはある程度確立しなきゃダメよ」

「なるほど、枠が少ない代わりに自由にカスタムできるってことかぁ。このスキル枠も今後増えていくの？」

「レベルが10上がる毎にひとつね。最初だけ二つ増えるけど今後はひとつずつよ」

つまりレベルが10を超えたからスキルの枠が二つから四つに増えたのだろう。次は20になった時で、ひとつだけ増えると。

正直な話、《打撃武器》と《投擲》の二つでも熟練度上げはかなり大変な思いをしてる。

下手にスキルを増やしまくっても熟練度が疎かになるというのは事実なのだと思う。

恐らく私よりずっとレベルが高くてスキルも充実しているはずのリンちゃんは、どんなスキル構成なんだろう……。

「そういえば、リンちゃんって今何レベルなの？」

「私？　47よ」

「……47？」

「ええ。スクナなら二週間もかからないと思うわ」

いくらトッププレイヤーとはいえ、ちょっと想像を超えていた。

もしかしてリンちゃん、私の想像以上にこのゲームをプレイしているのだろうか。

だって、レベル上げって言うのは上に行けば行くほど困難になっていくものなのだ。

一日平均3以上のペースで上げてるってどういうことなの……？

「ねぇ、リンちゃん。このゲームの最高レベルっていくつくらい？」

「さぁ？　確かなのは１００じゃないってことくらいかしら。公式ＰＶを見る限り、だけどね」

私がやったのことのあるゲームは大抵１００がＭＡＸだったんだけど、どうやらこのゲームは違うらしい。

さて、リンちゃんとの二週間の差を埋めるのに、どれだけのレベリングを重ねなければならないのだろう。

仮に私が二週間かけずにレベリングを終わらせたのだとしても、その間にさらに先へと進んでるわけでしょ？

私がリンちゃんに課せられた「トッププレイヤーへの道」は、想像以上に過酷なのかもしれない。

「あ、ステータスポイントも余ってる。貯められるとはいえ、いちいち振らなきゃいけないのめんどいね」

「そういうステータスビルドを考え抜くのも楽しいものよ？」

「そうかなぁ。とりあえずキリよく10ずつ分けちゃお」

「別に間違ってはないんだけど納得いかないわね……」

筋力、器用、敏捷の３ステータスに10ずつポイントを分けて振る。

どの程度体が動くのかは把握出来ているけど、だからこそ現実の体に比べるとまだぎこちないのが分かる。

そのぎこちなさが抜けるまでは、器用と敏捷は常に上げていく必要があるだろう。

最低でも、現実との齟齬がないくらいにはしておきたい。

筋力に振ったのは火力の底上げというよりは、武具の重量・装備制限に筋力が大きく関わっていたからだ。

重装甲にしたい訳では無いけれど、リンちゃん曰く打撃武器系統の強武器はその分大きな筋力を要求されるし、近接職の防具も同様だとの事。

鬼人族の筋力値は伸びやすい。

その上で、今後もっと重く強い武器を装備するなら、自力でも伸ばしておかねばならないだろうと思ったのだ。

「今のところ、どんなステータスになってるの？」

「筋力器用敏捷にまんべんなく振ってるよ。割合は器用が一番高いかな」

「まだぎこちないの？」

「多少マシかなってくらい」

私の返答を聞いて、リンちゃんは先は長そうねと呟いていた。

「そろそろ狩りを再開しましょ。あと二時間あるから、帰りに一時間かけるとしても結構狩れるでしょ」

「あとひとつレベル上げたいけどどうかなぁ」

「プレイヤー増えてきたし、ポップ量的に厳しいかもね」

レベル差がついてきたからか、ウルフ狩りではもうあまり経験値が貰えない。

せめてもの楽しみとして大きな群れを狙ったり、リンちゃんが暇だからという理由で大魔法を使ったり、何やかんやで楽しく盛り上がるのだった。

＊＊＊

【打撃こそ】リンネ総合スレ898【暴力】

1：名無しの輪廻《りんね》民
ここは《HEROES》所属のプロゲーマーでありプロ配信者、リンネの総合スレです。
基本的に話題は自由、アンチはNG推奨で。

―――

442：名無しの輪廻民
結局のところスレ民的には鬼娘はHEROES所属でいいってことなの？

445：名無しの輪廻民
＞＞442
俺はいいと思う
あそこまで動けるとは思ってなかった
アレ多分運動神経だけでやってるよ

446：名無しの輪廻民
いんじゃね
HEROES自体はデカい団体だけどVR乗り遅れて人集められないんじゃん？
リンネの伝手《つて》で有望なの拾ってきたのはむしろ有難いくらいだろ

448：名無しの輪廻民
VR部門自体が幅広いからね
ナナたゃん一人くらいコネってもまだまだ足りないくらいだと思う
万能選手っぽいしVR部門のエースになりうる人材だよ

450：名無しの輪廻民
＞＞448
たゃんってなんだよ（素朴な疑問）
実際VRってても格ゲーFPSロボットRPGと幅広いかんな
改めてVRの有無に拘らず全てで好成績を残してるリンネの化け物具合がわかる

451：名無しの輪廻民
＞＞445

それＶＲ慣れしてないってこと？
尚更《なおさら》バケモンだな
ＶＲ慣れしたらどうなっちゃうの

４５３：名無しの輪廻民
リンナナ尊い

４５４：名無しの輪廻民
わかる

４５８：名無しの輪廻民
しかし初日に難易度高いエリアでレベリングとかリンネも相当スパルタだよな

４６０：名無しの輪廻民
＞＞４５８
まあな
ぶっちゃけウルフ数体に囲まれたら初心者なら即リスポンものだし
軽々蹴散らしちゃうナナたそがおかしいだけで普通の人なら10回はデスしてるよ

462：名無しの輪廻民
千尋《せんじん》の谷に突き落としたら羽根生やして飛んできましたみたいな軽快さで苦難を乗り越えるな

465：名無しの輪廻民
ま、今のところナナたゃん本人は少し狂のケがある以外はリンネと楽しくお話しながらゲームしてただけだし様子見やね
明日はナナたゃんソロ配信らしいから楽しみ

469：名無しの輪廻民
＞＞465
ソースはよ

471：名無しの輪廻民
＞＞469
某動画サイト
認定アカウントあるよ
リンネと《HEROES》公式がフォローしてるし間違いない

475：名無しの輪廻民
＞＞471
見てくる
サンクス

＊＊＊

【打撃系】ナナ／スクナ総合スレ1【鬼娘】
1：名無しのファン
ここは《HEROES》所属が発表され、遂にベールを脱いだナナもといスクナの総合スレです。
なるべく穏やかに話し合いましょう。

2：名無しのファン
＞＞1乙
やはり立ったか

3：名無しのファン
＞＞1乙

配信終了までNGだったからね

4：名無しのファン
＞＞1乙
いやぁ凄かったな
棍棒一つで暴れ回る勇姿は

7：名無しのファン
結局十時間みっちり放送やってたな……

9：名無しのファン
レベリング後半はすごい楽しそうだったな
鎖から解かれた猛獣みたいな

11：名無しのファン
＞＞9
言い方ァ！
まあ楽しそうではあったよな

14：名無しのファン
どんな体勢からでも的確に頭蓋《ずがい》を叩き潰す姿は圧巻でしたね

16：名無しのファン
>>14
アレは凄かった
しかも装備がほぼ鉄入り
鉄装備は重量がキツくて序盤は二部位がいいとこ
それを鬼人族のステで補ってんだよな
やっぱああいう尖った種族も面白いわ

18：名無しのファン
>>16
魔法ステが壊滅的なんだっけ
その分物理特化と

魔法使えないのを投擲で補って

武器は使い易い棍棒選んでる
見たとこ頭は良くなさそうだけど考え自体は合理的だよな

21：名無しのファン
頭良くなさそうはさすがに笑う
そこはリンネの入れ知恵かもな

22：名無しのファン
五年くらい前の配信でリンネがポロッと漏らした情報だが
リンネ曰くナナは中卒でフリーターやってたはず
知識面ではまあ……な

24：名無しのファン
＞＞22
プライバシー！
てか五年前のことよく覚えてんね
女の子が中卒フリーターって今どき凄いな

28：名無しのファン
あ、ナナの公式っぽいライバーズアカウント見つけた

29：名無しのファン
マジで？
HEROES仕事はええな

31：名無しのファン
ほんとだあった
リンネが公式より先にフォローしてるの笑うわ

33：名無しのファン
唯一無二の大親友（事実）っぽいからなぁ
他のHEROESメンツといる時もにこやかではあるけどナナの隣のリンネはかつてないほど気が抜けてたな
不覚《ふかく》にもときめいてしまった

36：名無しのファン

＞＞33
その内HEROESで修羅場らないかな
リンネスキー多いもんあそこ

40：名無しのファン
骨肉《こつにく》の争いになりそう

46：名無しのファン
明日は朝の六時過ぎから果ての森探索配信やりますByナナ
やったぜ

48：名無しのファン
＞＞46
朝六時は早すぎませんか……休日とはいえ……

49：名無しのファン
＞＞46
絶対観るわ

おやすみ

51：名無しのファン
＞＞46
二日目からとは思い切ったな
楽しみだ

――

＊＊＊

「あー、あー、テステス」

翌日。再びログインした始まりの街で、私は初めての配信というものに挑戦しようとしていた。

目の前にふよふよと浮かび上がる撮影用の宝玉に手を振ったりマイクテストをしたりしていると、開きっぱなしにしていたコメント掲示板に文字が表示されていく。

『初見』

『初見』

『はつみ』

「あ、初見さんいらっしゃいです。初配信なんで上手くできてるかわからないんですけど、声とかちゃんと聞こえてますか？」


『聞こえてる』

『ばっちり』

『初見』

『高級マイク並みの音質イイゾー』

『→それはゲームの機能だよ』

『しょけん』


ぴょこぴょこと表示されていくコメントを見て少し嬉しい気持ちになりながら、声が届いているようで安心した。

「よかったー。あ、初見さんはどうもです。それじゃあ配信始めていきますね。私はスクナって言います。昨日のリンちゃん……リンネの放送を見てた人なら知ってるかな？」

昨日、最終的にレベルを1上げたところで放送を終えた私とリンちゃんだったけど、その時に翌日の放送について宣伝してもらったのだ。

題して『スクナの初配信』。シンプルながらわかりやすい、そんなタイトルの配信だった。

現在時刻は朝の六時過ぎ。早朝ゆえにまだ微妙に眠いのが正直なところだ。


『見てたで』

『リンネの知り合い？』

『スクナたんね覚えた』

『ライバーズの公式アカフォローしたよ』

『→ＨＥＲＯＥＳの新規メンバー』

『リンちゃん呼びほんと好き』

『ふぁっプロゲーマーってこと？』


昨日のリンちゃんの放送で宣伝してくれていたからこそではあるけれど、こんな最初から人が見に来てくれるのは嬉しい。

そこそこのペースで増えていくリスナーの数に合わせて、コメント欄も忙しなく動いている。

というか公式アカウントフォローってまじか。昨日作ったばかりでほとんどフォローされてないはずなんだけど……。

ちなみに《ライバーズ》というのはＷＬＯと提携している有名動画サイトのこと。

ライブ配信の視聴はここから出来るようになっていて、タイムシフトの保存や普通の動画投稿もできる優れもの。

ちょっとした広報も可能で、好きな配信者をフォローすると配信の通知などが届くようになっている。

「えーっと、一応『ＨＥＲＯＥＳ』のＶＲ部門プレイヤーなので、プロゲーマーってことになるのかな？　私も実感ないんだけど、その内そういう案件もやることになると思います。あ、このチャンネルがライバーズ認定アカウントだからよかったらフォローしてね。配信の告知もこっちに出すよ」

『ふむふむ』
『フォローした』
『フォローしますた』
『ＨＥＲＯＥＳの公式よりリンネの方が早くフォローしてるの笑う』
『愛……ですかねぇ』

そもそもアカウント自体リンちゃんが用意してくれたやつなので……。

それはさておき。人が集まり始めたのだから、早速動き出すべきだろう。

「今日はね、南の平原を抜けて《果ての森》に行ってレベリングをしようかなと。ウルフじゃ経験値が足りないんですよね」

『もう南行ってるの？』

『もうっていうか最初から』

『リンネのスパルタレベリング講座』

『→スパルタ、そう思っていた時期が（ｒｙ』

『最後の方作業だったもんな』

『ウルフを笑顔で撲殺する悪鬼』

『鬼っ娘だからね仕方ないね』


「あ、悪鬼って……モンスターだからセーフでしょ？」

ウルフが紙装甲なのが悪いと思います。

そう言ったらリスナーたちに鼻で笑われた。解せぬ。

「と、とにかく南の平原を抜けていきましょう！　果ての森を目指していざ！」

初配信なのに既に慣れ親しんだ友人のような距離感のリスナーたちに憤慨《ふんがい》しつつ、何とか取りまとめて話を進める。

配信を始める前にＮＰＣ鍛冶屋で耐久を回復させた金棒を背負って、私は早朝の草原へと歩き出した。

＊＊＊

「よっほっせりゃっ」

特にアーツを使うことも無く、グシャッと漫画みたいなシンプルな打撃音を立てて、三匹のウルフが爆散した。

「金棒って耐久が高いのが魅力みたいなんですけど、耐久の減り具合ってよくわからないんだよね」

あまり足しにならないリザルトをさっと確認しながら、私は独り言のように呟いた。

配信者あるあるだと思うんだけど、敬語とタメ口のバランスがわからなくなる。

そこら辺、めちゃくちゃなのはご愛嬌《あいきょう》として流して欲しいな。

リンちゃんみたいにタメ口オンリーで行けたら楽なのかもだけど、知らない誰かの前で話す時は敬語の方が安心するのも確かなのだ。

平原も半ばを過ぎ、ウルフの群れを三つほど潰しての行軍《こうぐん》中である。

そんな中で私は、減ったり減らなかったりする武器の耐久について語っていた。

私はてっきり攻撃一回で一消費とかだと思っていたんだけど、数えてみると二回に一回くらいしか耐久を消費していなかったりするのだ。

『教えてえろいひと』
『急所に正確に攻撃を入れる、ヘッドショットや首狩りで即死させる、そういう行動では耐久消費されないよ』
『この間わずか五秒である』
『タイピングが速すぎる』

有識者のリスナーさんが高速の回答をくれるのをみんなで讃《たた》えている。

なるほど、比較的柔らかい部位を殴っていればワンパンできてしまうようになってから、脳天や顎を狙うことをしなくなっていたのは確かだ。

その雑なプレイが金棒に負荷をかけていたということになる。

「つまり耐久が減ってるのは私が手抜きをしていたから……？」


『脳筋すぎる』

『手を抜かなければ急所を狙い続けられるってマジ？』

『急所狙いの鬼』

『対人戦で容赦なく金的蹴り上げそう』

『→鬼畜すぎて笑う』

『笑えないいんだよなぁ……股間がヒュッとした』

「き、金的なんか狙いませんー！　アレよっぽどの不意打ちじゃなきゃ当たらないからね。対人戦ならまず足を砕きにいくでしょ？　それか目を奪う？」

『ひぇっ』

『ひぇっ』
『ひぇっ』
『ひぇっ』

「えっ」

機動力を奪ってから念入りに倒すのが基本戦法だと思ってたんだけど、どうやらそうでもないらしい。

案外自由に動かせる胴体と違って、体を支える都合上足だけでは大きな回避をしづらい。胴体ごとステップなりジャンプなりするしかないのだ。

距離を詰めてから下段への攻撃さえ上手くできれば、あっという間に木偶《でく》の完成である。やったね。

目を狙うのは難しいけど、視界を奪えば上手く行けば足以上にアドバンテージになる。

とはいえこのゲームに眼球の欠損が設定されてるのかは知らないので、身をもって体験したように四肢をハジくのが鉄板だろう。

「って、なんで私は人体破壊について考えてるんだろ」

『人 体 破 壊』
『ふっ……と怖いこと言うのやめて』
『やっぱり撲殺鬼娘やん！』

『時代は殺戮系女子だった……？』


徐々に遠慮が無くなっていくリスナーたち。

まあコメントが盛り上がっているならいいということにしよう。


「んおっ？」


『どうした』

『何かあったん？』

『変な声出してて笑った』


「いや、マップがね……というかそんなに変な声出てたかな!?」

遠い目をしてちょくちょくコメントと会話しながら歩いていると、不意に悪寒《おかん》が走った。

というのは冗談で、《探知》スキルで表示されたマップに大きな波紋が生まれた。

見たことのない現象に首を傾げ、少しいじってみるも反応はない。


「あれは……なんだろ、赤い狼？」

マップが役に立たないのならと視界を網羅するように目線を走らせると、明らかな異物が目に映る。

それは、この平原では見たことのない、少し渋みのある赤の体毛を持つ狼だった。

アレは間違いなくこちらを見ている。いや、待っている、と言うべきなんだろうか。

私が視線に気づいたのを見てか、赤狼《せきろう》は緩やかな歩みでこちらに近づいてきていた。


『どうかしたんか』

『なんか近づいてきてるな』

『赤いウルフとか初めて見た』


「モンスターかな。でっかいね」

遠目では正確な大きさはわからないけど、大雑把に見てもその体躯はウルフの優に三倍はあるだろう。

じわじわと詰まる距離を見て、一応モンスターであるならばと不意打ちを警戒する。


『アリアだ』


そんな中、不意に視界の端を流れるコメントのひとつが目に入った。

「アリア？」

この焦りを感じさせる高速タイピングは、さっきの耐久度説明兄貴！　なんて茶化す間もないほどの速さでレスポンスが返ってくる。

その内容はとてもわかりやすく、私を驚愕させるには十分な情報を秘めていた。

『南の草原のボスモンスター！』

「うそん」


そのコメントを読んだ時、私の目の前には既に赤狼がいて。

その鋭い隻眼《せきがん》に闘志を滾《たぎ》らせて、孤高の狼は気高い咆哮《ほうこう》を上げた。

――《孤高《ここう》の赤狼《せきろう》・アリア》
――レベル、28。

＊＊＊

WLOにおいて次の街へのルートを開拓するためには、街周辺のフィールドとそこから繋がるダンジョンを踏破しなければならない。

ダンジョンには当然ボスがいて、挑戦者の通行を妨げている。

ひとえにダンジョンといっても、その形態は洞窟に限らない。

例えば森林、例えば遺跡、沼地であることもあれば樹海かもしれない。

少なくとも始まりの街から次の街にたどり着くためには、北の平原を超えた先にある《試練の洞窟》を乗り越える必要がある。

そして、これは後で知ったことなのだけど。

ダンジョンに例外なくボスがいるように、フィールドにもボスモンスターに当たる強者は存在する。

それが《ネームドボスモンスター》。

通称、ネームドである。

その在り方も、与えられた名も唯一無二の正真正銘の強者。

ベータテスト時代から今日この日まで、フィールド毎に存在するネームドが倒された記録はほとんどない。

出現の条件、出会った時の状態、そして何よりもフィールドのレベルに見合わない圧倒的な強さ。

純粋に強く、出会いにくいから討伐記録がほとんどない訳だ。

ただし、討伐の恩恵は凄《すさ》まじく大きく、それが初回討伐ともなれば追加でボーナスもある。

その恩恵を手にするべく、ネームドを追い続けるプレイヤーは数知れない。

ちなみにこのネームド、倒しても一定期間経てば復活する。初回に限り少し報酬が豪華なだけで、倒しさえすれば誰でも恩恵に与《あずか》れる。

出会うとほぼ確実にデスペナルティにされる代わりに、平等にチャンスも与えられる。

それがネームドボスモンスターという存在への、最前線プレイヤーたちの共通認識であるらしかった。

例えば目の前にいる孤高の赤狼・アリアに関しては、出現の条件は曖昧で、討伐記録はなし。

戦闘が長引くことさえ稀という、要するにほとんど何もわからないモンスターであるとか。

唯一知られている情報は、「ソロプレイヤー」の前にしか現れないこと。

すなわち、彼の赤狼の望みは、ひりつくような一騎打ちのみである。

＊＊＊

ギラつくようなその瞳には明確な意思が宿っていて、それがシステムで編まれただけの虚像ではないのだということをはっきりと伝えてくる。

月色の美しい瞳から伝わってくるのは、純粋な闘志であり殺意。

ほんの一瞬の油断で首を刈られるとさえ錯覚してしまうほど鋭い殺気が胸を震わせる。

「いいね、ゾクゾクする」

どんな攻撃にも対応すべく、軽く腰を落として楽に構える。

頬が緩むのが止まらない。止めるつもりもない。

高揚する気持ちを抑えることなく、私は大声で叫んだ。

「出し惜しみはなしだよね！」

「グルルゥッ！」

次の瞬間、金棒と爪撃が火花を散らした。

(重い！)

ダブルスコアをつけられたレベルによるステータスの差を考慮しても、万全の状態の振り下ろしがただの爪撃を弾くので精一杯とは思わなかった。

牙による噛みつきをバックステップで躱して距離を取ろうとすると、弾丸のような速度で突進をかましてくる。

とはいえ流石に見え見えの突進だ。

なんて余裕を見せてサイドステップで躱してやれば、急制動から体格に見合った大きな尻尾の薙ぎ払いが飛んできた。

これを金棒で受け流したところで、互いに大きく距離を取る。

「ははっ、冗談みたい」

パワーも負け、速さも負け、体格も負けている。

だが、こちらの方が小回りはきくし、何よりこれは一対一。横槍が入る心配はない。

意識が沈むような感覚と共に、視界が広がっていく。

集中、集中、集中しろ。

まだまだ潜れる。深いところまで。

赤狼は様子見は終わったとばかりに前脚を振ってから、予備動作なしで飛びかかってきた。

狙いは首。首を噛みちぎるために横向きになった赤狼の顎を、私は狙い済ました《叩きつけ》でぶん殴った。

脳を揺らした。

赤狼を怯《ひる》ませこそしたものの勢いは殺せていなかったので、叩きつけの反動のまま横っ飛びをして組み付かれるのを回避する。

スキルの硬直時間は痛いけど、相手も勢いを残していただけで怯みは解けていないはずだ。

硬直から抜けたのは、わずかに私が早かった。

素早さで負けている上に飛び道具のない私は、受け身にならない近接では距離を取った方が不利だ。

距離を詰め、未だ隙を晒している赤狼の横っ腹を叩こうとして、体を回転させるように不意打ち気味に飛んできた尻尾をしゃがんで躱《かわ》す。

不意を打った一撃だけに、躱されたという事実で相手の思考が数瞬止まる。

「お、りゃぁ！」

そんな、回転したことでこちらを向いた顔面に一撃をぶち込んだ。

仰《の》け反《ぞ》る顔に追撃。苛立《いらだ》ち紛《まぎ》れに差し込まれた右前脚の切り裂きを金棒で撃ち落としてから回転の勢いをつけてもう一発殴り付けた。

腰の入っていない切り裂きは撃ち落とされる。

それがわかったのか、飛んでくる本気の切り裂きを余裕をもって躱してから、こちらを睨みつける月色の瞳と見つめ合った。

計四発。全てが急所である頭に入り、しかしそれでも一割未満しかＨＰゲージが削れていない。

そのタフネスに、思わず笑みを浮かべてしまう。

孤高の赤狼。今の私には敵うはずのない相手？

上等じゃないか。

最高じゃないか。

ゾクゾクッと背中を走る興奮で体を震わせる。

「どっちが死ぬかの勝負だね」

赤狼の四肢の筋肉が盛り上がるのを見ながら、私は手に持った金棒を強く握りしめた。

＊＊＊

どれほどの時間が経っただろう。それなりの間打ち合ってみて、実感したことがある。

圧倒的格上の存在である孤高の赤狼との戦いにおいて、私が最も大きく背負っているハンデ。

それは、実のところわかりやすい物理ステータスの格差ではない。

彼我《ひが》の間において最も問題視すべき点は「ＳＰ」にあった。

私の体はどこまで行っても低レベルのプレイヤーであり、攻撃にせよ回避にせよ跳躍にせよ、例外なく失われていくＳＰの管理が不可欠だ。

けれど、どうにも目の前の赤狼は疲労という概念がないのではないかと思えるほどに延々と行動し続けている。

普通に戦っていればあっという間にＳＰが尽き、動けなくなったところを切り裂かれるのは明らかだった。

とはいえ、攻撃をせずにいても一向に奴は倒せない訳で。

私がこの戦闘において選択した戦闘スタイルは酷くシンプルな形に落ち着かざるを得なかった。

すなわち、徹底したカウンター。

全ての動きを見切って、極小の隙に最低限のダメージを差し込む。

SPを切らさないように、攻撃が当たらないように。

ただそれだけを念頭に置いた、格上狩りの常套《じょうとう》手段である。

「あはっ」

ギィン！　と硬質な音を立てて火花を散らす爪撃を弾きながら、私は零れ落ちる笑みを抑えられないでいた。

戦法を変えたおかげでSPは足りている。消費と回復できちんと回復が上回っている。

それは目の前の赤狼がヒットアンドアウェイ戦法を取らざるを得ないという、垂涎《すいぜん》の状況のおかげだった。

狼という生物は四足歩行という性質上、近接戦闘が得意な訳ではない。

二足歩行では生み出せない「速さ」に牙や爪という凶器を掛け合わせてこそ、十全な強さを発揮できる。

だからこそ赤狼アリアは、足を止めての近接戦闘という今の私にとって最悪の選択肢を取ることができない。

捌き続けなければならないほどに絶え間ない連続攻撃で、私のSPを削り続けるという選択肢を。

赤狼アリアが近接戦闘で取れる手段とは、前足での切り裂き、噛み付き、タックル、尻尾の薙ぎ払い。せいぜいこの程度でしかないのである。

私がこの遥かな強者の攻撃を捌き続けられている理由のひとつは、そんな単純な理由だった。

とはいえそれが赤狼アリアを安易な敵に貶めているのかと言われれば、それは否だ。

例えば十分な加速を伴った突進はそれだけで即死級の威力を秘めているし、最高速から慣性を無視した停止、そこから繰り出される連続の突進や尻尾による薙ぎ払いは大きな脅威である。

負担が大きいのか何度も何度も使ってくるということはないけれど、こちらのＳＰは大きく減らされるし、集中を欠けば即死は免れないだろう。

「グルァッ！」

突進と見せかけて一歩手前で急停止しての噛み付き二連。

「あぶ……なっと！」

一発目は体を反らして躱し、二発目は膝を曲げて沈み込む要領で躱す。

無理な噛み付きで浮いた顎を、金棒を軸に無理矢理気味なサマーソルトで蹴り上げた。

ガチンと痛そうな音を立てて噛み合わされる牙の音を聞きながら体勢を立て直す。

顎を蹴り上げた衝撃から立ち直った赤狼の切り裂きを持ち替えた金棒で弾き返した。

「楽しいなぁ……」

私が示したカウンターという戦法は、相手が乗ってこない限り成立しないという最大の欠点がある。

もちろん攻めに行けない訳ではないけれど、先ほども言ったように私と赤狼アリアの間にある隔絶したＳＰの差は埋められない。

最初の様子見の時にＳＰの大部分を消費しておこなった攻防でせいぜい一割しか削れてない以上、

こちらからの攻め手ではせいぜい三割削ったら力尽きて死ぬだろう。

もし仮に赤狼が私を攻撃しないで待つという選択肢を取った場合、千日手《せんにちて》になっていたのは想像に難くない。

けれど、そんなのは戦いじゃない。だから彼女《アリア》は乗ってくれたのだ。

強者の余裕による蹂躙《じゅうりん》ではなく。

ただ対等な戦いをするために。

「続き、やろっか！」

勢いよく振るわれる爪を全霊を込めた一撃で受け止めて、さらに深くまで意識を落とす。

加速し切った思考は淀みなく、色のない世界を鮮明に捉えてくれる。

「あ、ははははっ！」

その攻防はヒリつくような居合抜きの死合いのようで。

意図せず漏れ出る悦びの感情が、私の脳を支配する。

けれど、心は冷静に。彼我の差を見誤るな。

暴力的に暴れ回りたくなる欲求を胸の奥に押し留めて、私はあくまで受けに回る。

楽しい楽しいこの戦いだけれど、終わりはそう遠くない。

残りＨＰが半分を下回り、ＨＰバーが黄色く染まった赤狼は大きく距離を取った。

ぶるりと体を揺らした赤狼の、月色の瞳が紅く染まる。

ギラつく瞳が私を捉えて、赤狼は足を踏み出した。

「ッ！」

悪寒を感じて反射的に跳ね上げた金棒が、想定よりも遥かに早く私に届いた赤狼の爪を逸らす。

膂力《りょりょく》が上がった訳ではなくとも、速さが増した分威力も上がっているのだろう。

受け流し切れなかった爪が頬を裂き、一割近いＨＰが吹き飛ぶのを確認して、私はゾクリと背中を震わせた。

「最っ高だよ、アリア！」

「グルルルゥッ！」

——昂《たかぶ》るテンションのままに思わず振るってしまった金棒は、身を翻《ひるがえ》した赤狼の尾に弾かれる。

着地と同時に弾丸のように突っ込んできた赤狼に、弾かれた金棒を思い切り振り下ろす。

ゴッ！　と酷い音を立てて直撃した振り下ろしは赤狼の体力を大きく削り、反作用で私の腕にとてつもない痺《しび》れをもたらした。

「っつぅ……っとぉ⁉」

痺れに悶《もだ》える私の首を狙った噛み付きを無様にしゃがんで躱す。

「怯んでる暇もないね！」

血色に染まった瞳が私を睨みつけている。

＊＊＊

二人きりの戦いは、佳境を迎えようとしていた。

その二つの影の戦いは、日本中のどこからでも見ることができる状態にあった。

影のひとつ、《スクナ》という名の少女が配信を止めずに戦闘に移行したからである。

いや、止める暇もなかった、止めるという思考をする余裕がないのだと言うことを、視聴者たちは知っていた。

互いに与えられたステータスの差は大きい。

画面に映される戦いは、一見すればスクナが嬲《なぶ》られているかのようにも見える。

しかし赤狼アリアのＨＰゲージが半分を割り黄色に染まってなお、スクナのＨＰはほとんど削れてはいなかった。

一時間。

それが現在彼女たちが戦い続けている時間であり、スクナが赤狼のＨＰを赤ゲージまで追い込むのにかかった時間だった。


『ほんとに人間かよ』


リスナーの一人が、そうコメントした。

スクナの戦い方は至ってシンプルだ。

カウンターに次ぐカウンター。

あまりにも精密で正確なアバター操作でもって、ほんのわずかな隙を突き続ける。

神がかった読みと反射で捌き切り、返す刀を差し込む。

言うだけなら簡単だ。

ステータス差を覆すのに最も有効な手段であるのは間違いない。

だが、いくら鬼人族という近接戦闘に特化した種族であるとはいえ、このレベル差であればクリーンヒット一回で瀕死、急所をやられれば即死は免れない。

それを一時間。しかもその顔に浮かぶのは疲れではなく、歓喜の表情である。

針の穴に糸を通すような集中力をひたすらに維持したまま、スクナというプレイヤーは圧倒的格上のモンスターを翻弄していた。

昨日の《リンネ》の放送で名が売れたとはいえ、『HEROES』のナナ、《スクナ》の視聴者は放送開始時には百人にすら満たなかった。

それは当然のことだ。第一陣に目当ての配信者がいる者もいれば、昨日から入ってきた第二陣にだって有名な実況者がいる。

むしろ、早朝なのに多くのリスナーが見てくれていただけありがたいとさえ言えるだろう。

しかし、現在の《スクナ》の配信における同時接続者数は、一万を超えていた。

ネームドボスモンスターは、その出現自体が稀であるため、それだけで話題になるのが常だ。

最初はスクナが赤狼アリアに遭遇したと言うだけの報告が掲示板に流れ。

数分間耐え忍んでいるのを見て、配信のURLが拡散され。

配信サイトのランキングに上がり、そのおかげでさらに拡散されての繰り返しで、ついには一万人のリスナーがスクナの戦いを見守っていた。

死闘の果てに赤ゲージまで削られた赤狼は謎のオーラを纏い、それまでの比にならない速さをもってスクナに襲いかかる。

スクナもまた、凄絶なまでの笑みを浮かべて赤狼を迎え撃つ。

彼女たちを見守る全ての視線が、迫る決着の時を感じ取っていた。

＊＊＊

ＨＰ残り二割を切ってから手足に燃えるようなオーラを纏い始めた赤狼。

その攻撃で、これまでほとんど傷を負わなかったＨＰゲージが削られる。

攻撃自体は掠っただけで、ダメージもほんのわずか。それでも確かなＨＰの減少がそこにはあった。

これまで通りに反応しようとして、反応しきれなかったのだ。

スクナはその事実を受け止め、オーラの能力はスピードを強化する類のものだと予測する。

倍率はいかほどか。下手をすれば倍増までありうるほどの加速である。

それはシンプル故に強力な効果だった。

「ぐ、ううぅっ！」

真正面からすれ違いざまに切り裂こうとしてくる爪を、金棒で辛うじて跳ね上げる。

勢いを殺しきれず、爪が腕を掠めてＨＰが５％程持っていかれた。

見えてはいる。ただ、速すぎてステータス的にアバターが反応しきれないのだ。

ただ、スクナはたった二合の打ち合いの中で、燃えるオーラが内包するデメリット、明確な弱点を見て取った。

それが、彼女《スクナ》がこの強敵《アリア》を喰らい尽くすための唯一の突破口になる。

そう確信できるほどに、致命的な弱点を。

必ず、機は訪れる。

故に、スクナが取るべき選択肢はカウンターですらない純粋な防御である。

赤狼の筋肉の動きから、視線から、これまでの戦いの経験から、飛んでくる攻撃を予測する。

相手が攻撃を始める前に、防御のための攻撃を置いておく。

もちろんスクナのＨＰはただ掠っただけのダメージでも少なからず削られているが、この終盤に差しかかるまで九割を保っていたＨＰにはまだ余裕があった。

「ら、あああっ！」

要領を掴んだ以上、必要なのは集中力のみ。

大きな火花を散らして、迫る爪を弾き飛ばす。

敵の挙動に対して、攻撃を置く。

攻撃を当てるのではなく、虚を突かれた相手が攻撃に「当たりに来る」。

正確には「相手」ではなく「相手の攻撃」に対してカウンターを置いている訳だが、それはさておき。

スクナが今やっているのはそういうことであり、一度でも失敗すれば即死亡の自殺行為だった。

それでも、高まり切った集中力とほんのわずかな運が、スクナの行動を成功に導く。

実に五回。それが、三割程のＨＰを犠牲にしてスクナが赤狼の攻撃を防ぎ切った回数だった。

そんな絶望的な予測をなんとか五回成功させた瞬間、ついに待ちに待った機が訪れた。

謎の燃えるオーラを発動させ続けていた赤狼のＨＰゲージ。

それが、スクナは一切のダメージを与えていないはずなのに、わずか一ドットにまで消耗されていたのだ。

これが、スクナが見つけたデメリットの一つ目。あの謎のオーラは、発動にＨＰ消費を強制されるのだ。

速度としては遅々としたものだが、残り二割しか残っていない体力ゲージではその少量が致命的な量になる。

今の赤狼は明確なダメージ判定を発生させせさえすれば倒せてしまう程に弱っていた。

ただ、いいことばかりでもない。

現状、スクナは赤狼の攻撃を防ぐことしかできておらず、オーラを纏い始めてからはドット単位のダメージすら与えられていない。

その上、残り一ドットになったタイミングでＨＰ減少は無くなり、オーラはむしろ勢いを増した。

それはさながら背水の陣。

命を燃やし尽くしてでも敵を殺すという、赤狼アリアの意志の表れのようだった。

赤狼アリアは加速のために距離を取った。

次で決まる。

互いにそう確信した。

読み合い、予測し合い、敵を殺すための最適解を瞬時に構築する。

ドクン、ドクンとあるはずのない鼓動の高まりを感じた。

「行くよっ！」

「グルォァッ！」

どちらともなく叫び、最後の攻防が始まった。

赤狼アリアは己の持ち得る最大の速度で目の前の敵を殺さんと、全身の筋肉を膨張させる。

すれ違いざまの切り裂きではダメだ。

この爪を、渾身の力で心の臓に突き立てる。

その速さはまるで音のように。

極限まで張り詰めた力の爆発を感じながら、赤の砲弾は発射され――刹那、アリアは目の前に小さな煌めきを知覚した。

それはスクナがずっとズボンのベルトに引っ掛けていた、たった一本の金属器。

この戦闘で一度たりともスクナが使わなかった《投げナイフ》である。

終始近接戦闘に従事していたスクナからの予想外の飛び道具を、しかし今この時に限って赤狼は躱すことが出来ない。

それが、スクナが見つけた二つ目の弱点。

このスキルによって強化されている際の速さは、ネームドである赤狼アリアをして「制御しきれない」のだ。

赤狼アリアが発生させている謎のオーラの正式名称は、ネームドスキル《餓狼《がろう》の誇り》。

それはHP二割以下で強制的に発動し、継続的なHP消費を伴うという極めて重い発動条件を要求される代わりに、対象の敏捷を一気に二倍に跳ね上げる破格の効果を持ったスキルである。

だが、圧倒的な強者たる赤狼アリアはこのスキルを発動させたことがほとんどない。

HP二割以下という状況に陥ったこと自体がほとんどないからだ。

故に、強制的に引き上げられた敏捷を持て余し、突進と爪での攻撃しか行えなかった。

だからこそ、ただでさえかけ離れたステータス差のスクナでも、「予め攻撃を置いておく」という神業をもってして赤狼の攻撃を凌《しの》ぐことができたのだ。

ソレは完全なる不意打ち。

避けられない。

当たれば死ぬ。

そんな結末があってたまるものか。

この殺し合いの結末が、そんな呆気なくていいはずがない!

一瞬にも満たないほんの刹那の時間。

引き伸ばされた思考の中で、許し難い結末を思い浮かべた赤狼は、飛んできたナイフを咄嗟に噛み砕いた。

二度はできないであろう、自分でもそう思うほどの理想的な行動だった。

しかし、その投擲さえも囮《おとり》でしかない。

その刹那の思考と一瞬の隙、それこそがスクナが欲した唯一の時間だった。

ほんの一瞬鈍った速度。

それが、本来ならば間に合わないはずの攻撃を間に合わせる。

《打撃武器》スキル――アーツ名《フィニッシャー》。

《打撃武器》スキルの中でも極めて早く習得でき、かつ極めて重い代償を要求される名前通りのフィニッシュブロー。

十秒という大きな技後硬直と武器耐久値100%減少というとてつもない発動条件と引き換えに放たれるのは、《叩きつけ》の三倍もの威力と速さを誇る超絶の一撃。

スクナがこの戦闘で使えなかった唯一の切り札である。

「あぁぁぁらぁっ！」

半ば自爆技とさえ呼べる渾身の振り下ろしは、僅かに速度を落とした赤狼の攻撃目掛けて振り切られる。

全霊を込めた金棒と、圧倒的な速度で後押しされた赤狼の爪撃が、轟音を立てて衝突した。

衝突の衝撃で土煙が舞い、風圧が吹き荒れる。

スクナのはるか後方に、音を立てて何かが落ちた。

それは吹き荒れる風に乗って吹き飛んだスクナの右の足。

ほとんど根元から切り裂かれたそれは、金棒によって撃ち落とされて角度を変えた爪による最後の一撃の結果であり。

《フィニッシャー》によりHPを消し飛ばされた孤高の赤狼は、満足そうな表情で消滅した。

激闘の末、片足を失ってなお、荒れ果てた草原に最後に立っていたのは黒髪の鬼人族だった。


―――


『ネームドボスモンスター《孤高の赤狼・アリア》を討伐しました』

『称号《赤狼の誇り》を入手しました』

『称号《ネームドボスハンター》を入手しました』

『称号《強者に挑みし者》を入手しました』

『アクセサリー《名持ち単独討伐者の証》を入手しました』

『スキル《餓狼》を入手しました』

『初討伐ボーナス：ネームドアイテム《孤高の赤狼・アリアの魂》を入手しました』

『レベルアップしました』

『ボーナスステータスポイントを入手しました』

『ドロップアイテムを入手しました』

――

「やっ、たぁ……」

片足を失ったという事実を理解して、それでもスクナは緩やかに喜びの声を吐き出した。

かろうじて胴体は避けたが、最後の一撃によって右足を喪失した時点でＨＰは既に危険域に到達している。

その上、明滅《めいめつ》する視界の端で、そんなほとんど残っていないＨＰが削られていくのが見える。

知識のないスクナには、それが欠損による出血状態だと理解することは出来なかったが、自分が着実にデスに近づいていることはわかった。

「まあ、いいかぁ……」

気にすることもないと、満足そうに呟く。

全ての通知を聞き届けたスクナは、四肢欠損による出血のスリップダメージを受けて、このゲームで初めての死を迎えるのだった。

＊＊＊

『プレイヤー：スクナの死亡を確認しました』

『リスポーン地点を確認――始まりの街へ転送します』

『現在レベル21――デスペナルティは六時間です』

『ペナルティについての詳しい内容はヘルプをご覧ください』


気がつけば初期設定の時に居た草原に立っていて、アナウンスが連続で鳴り響く。

それを全て聞き届けた瞬間、初期設定の時と同じような感覚で私は《始まりの街》の噴水広場へと送られていた。

「あああぁぁぁ……完全勝利とはいかなかったなぁ……。ふぅ……」

静寂から喧噪へ。立っている気力もなかった私は、噴水のへりに腰を下ろして息を吐いた。

身体中を満足感と充足感が満たしている。

人生で五指に数えてもいいくらいに心地よい体験だった。

この世界は最高だ。

リンちゃんの言っていたことがよくわかった。

この世界なら、私は自由に生きていける。

沸騰するほどに分泌されたアドレナリンの効果が切れて興奮が冷めていくのを感じながら、私はゆっくりと息を吐いて立ち上がった。

「あ、放送中だったんだ……」

リスポーン中は離れていたのか、いつの間にかふよふよと近くを漂っていた録画水晶を見て思い出した。

これまたいつの間にか閉じていたコメント掲示板を開いてみると、とても追い切れないほどのコメントが雪崩《なだれ》のように流れている。

流れ続けるコメントをぼーっと見ていると、ふと、別の数字に目がいった。

同時接続者数一万二千三百七人。

「一万二千三百七人⁉」


『草』

『草』

『いい反応や』

『最初百人くらいだったからな』

『スクナちゃんの勇姿、見てたぞ～』

『さっきまでの凛々しさはどこへ？』

『別人のようだ』

『スクナちゃん二重人格説あるな』

『戦闘用ＡＩ搭載型プレイヤー』

『殲滅されそう』


驚いて呆ける私を見て、コメント掲示板では好き放題に書き込みがされている。

だって一万二千人だよ。ありえない。

コメントにもあったけど、最初は百人もいなかったのに。

まあ、今現在ものすごい勢いで減ってるけども。

「って一時間半も経ってるじゃん！」

メニューに表示された時間を見ると、戦い始めたのが七時過ぎだったのに、既に八時半を過ぎていた。

休日だからって朝からこんな生放送見てていいのかみんな。

嬉しいけど。

あ、そう言えば一応デスする前に赤狼は倒せたんだった。

アナウンス流れてたしね。ちゃんと確認しておきたい。

「ちょっと申し訳ないんだけど、リザルト確認するから少し黙ります」


『ええんやで』

『後で教えて（ボソッ）』

『ダメです』

『今の狼はネームドボスモンスターって言うらしいで』

『報酬確認は至福の時間じゃけんね』


ネームドボスモンスター？

よくわからないけど、始まりの街の周りにいるモンスターとして明らかにおかしな強さだったのは間違いない。
さしずめ南の平原の主と言ったところか。
というか、耐久度を説明してくれたリスナーさんがボスモンスターって言ってたね。直ぐに戦闘に入ったから忘れてたけど。
ともかく、たくさん羅列されているリザルトをひとつずつ確認していこう。

――

称号《赤狼の誇り》
孤高の赤狼・アリアを討伐した者に与えられる称号。《始まりの街》及び周辺領域のＮＰＣ、他領域の一部ＮＰＣの好感度が上昇する。
称号《ネームドボスハンター》
ネームドボスモンスターを討伐した者に与えられる称号。一部ＮＰＣの好感度が上昇する。
称号《強者に挑みし者》
自分よりもＬｖが10以上高いモンスターとパーティを組まずに戦い、勝利した者に送られる称号。

――

まずは称号。どれも習得した理由に納得のいく内容だった。

最初に《赤狼の誇り》。NPCの好感度という極めて不明瞭な値が上がるらしい。

そして、それについては《ネームドボスハンター》も同じだ。

恐らく、NPCを介したクエストか何かで利点があるのだとは思う。ちょっとレアなクエストとか受けられそうな雰囲気がある。

《強者に挑みし者》に関してはフレーバーテキスト以上の意味はないみたい。まあレベル差10あれば通常モンスターでもいいみたいだし順当かな。

次にアクセサリー《名持ち単独討伐者の証》について。

これも称号と似たようなものだった。

アイテム：《名持ち単独討伐者の証》
分類：アクセサリー
効果：ネームドボスモンスターを単独討伐した時、神から与えられるオリハルコン製のネックレス。所持していると一部NPCの好感度及び信頼度が大きく上昇する。

このアイテムも、NPCに対する印象UP効果持ち。

これだけ効果が重なると、果たしてどういった対応をされるのか気になるところである。

少なくとも下降するとは書いていないので、デメリット効果はないはずだ。

持ってて損するわけではないのなら付けておくのも悪くはないだろう。

ちなみに、オリハルコンのネックレスとのことだけど、小さなオリハルコンのプレートが金属の鎖で繋がれたような、パッと見では普通のネックレスとそう変わらない代物だった。

ところでオリハルコンってなんなんだろう。

ゲームでは定番の金属とはいえ、こうして手に取ると不思議な感じがする。

このゲームでは青白い見た目の金属のようだけど。

オリハルコンは置いておくとして、続いてスキルを確認する。


――

《餓狼》スキル
分類：レア
クールタイム：24時間
スキル発動中は三秒ごとにＨＰを１％消費する。
発動中、筋力と敏捷の値を50％増加。頑丈と魔防の値を50％減少。
発動中のあらゆる回復効果を無効化し、時間経過による継続ダメージ（毒、出血、炎熱など）の量を倍加させる。
発動中にデスした場合、デスペナルティ時間が二倍になる。

発動キーワード《餓え喰《う》らえ、狼王の牙》
解除キーワード《我が餓えは満ち足りし》
※このスキルに熟練度は存在しません。

──


「なにこれ？」

一言で言うなら、ピーキーだろうか。

《餓狼》スキルはあまりにも尖った強化スキルだった。

大きな補正を得る代わりに、大きなデメリットを背負わされる。

ＨＰ消費はわかる。同一のスキルではなさそうだけど、赤狼も似たスキルを最後に使っていた。

筋力と敏捷をアップする分防御が脆くなるのも、まあいいだろう。

その他のデメリットに関しては、正直盛りすぎでは？　という気がしなくもなかった。

まあ要するに「使いこなしたかったら相手の攻撃を全部躱してスリップダメージの対策をしてね」ということなのだろう。発動時デスペナルティ二倍も見た目のインパクトは中々のものである。

あと地味に厨二チックなセリフ設定があるようだ。

ハイリスクハイリターン。

ただ、私の戦闘スタイルとは相性がいいのも確かだった。

個人的にはこの《餓狼》スキルひとつが手に入っただけでも大満足と言えるほどの戦利品かもし

れない。

それで、残りはネームドアイテム《孤高の赤狼・アリアの魂》。

いかにも勝利特典と言わんばかりの表記に、少し心が躍る。


―――

アイテム：孤高の赤狼・アリアの魂
レア度：ネームド
孤高の赤狼・アリアがごく稀に遺す、赤狼の力を秘めた魂。
武具の作成に使用することができ、このアイテムを使用して作成されたアイテムのレア度は強制的に《ネームド》になる。
※レア度：ネームドのアイテムは、所有者の変更が不可能ですが、契約により貸与することは可能です。

―――


「うむむ……」

それは、非常に判断に困るシロモノだった。

レア度：ネームド。そんなものは聞いたことがない。

そもそもアイテムのレア度は、コモン、ハイコモン、レア、ハイレア、エピック、レジェンドの六段階であると公式ページに書いてある。

ただし、それに加えてPM、すなわちプレイヤーメイドという表記がある。

これはドロップと見分けるため、つまり生産品であることを証明するためのものである。

例えばプレイヤーメイド武器ならば、その強さに関係なく《PM》というような表記になるようだ。

（レア度：ネームドなんて、公式のサイトには載ってなかったはず。でも、アイテムの説明を見る限り1度しか落ちないアイテムって訳じゃないよね、これ）

呟くのもはばかられる内容を、頭の中で考える。

《孤高の赤狼・アリアの魂》は、その説明を信じるなら「ごく稀に」ドロップするものであると書いてある。

ネームドボスモンスターについてよく理解できていない私には確証が持てないけれど、それは「周回」すればゲットできるということだろう。

なら、他にも「レア度：ネームド」のアイテムを入手したプレイヤーがいる可能性は十分にある。

あの強さのモンスターと何度も何度も戦いたいかと聞かれると言葉に詰まるけど、この手のアイテムが一プレイヤーにしか手に入れられないって言うのは考えにくい。

ゲーム内イベントの上位入賞報酬とかならまだしも、たかだかボスモンスターのドロップ品が「一品物」なんて許されるわけがないのだから。

アナウンスを今思い返せば「初討伐ボーナス」とかなんとか言っていた気がする。

それがゲーム内での「赤狼アリアの」初討伐ボーナスなのか、私個人としての「ネームドボスモンスター」初討伐ボーナスなのかはわからない。

けれど、ごく稀にドロップするというアイテムが一回で入手できたのは、幸運とはまた別の可能性が高そうに思えた。

（ま、リンちゃんに聞くか、プレイヤーの攻略情報を探れば何かしらの情報は出るでしょ）

公式から出ている略式の攻略情報しか見ていなかったことを少し悔やみつつ、私は困った時のリンちゃん頼みをすることにした。

「わ、純粋な赤狼素材も沢山あるな……よく見たらレベルも7つも上がってるし。うわぁ、レベルアップのとは別にステータスポイントが30ポイントくらい増えてる……」

ここから先は別に呟いたからと言って損するような内容でもなかったので、無言でいるのに疲れた私は独り言を漏らした。

増えたステータスポイントはアナウンスでボーナスとか言ってた分だろう。ユニークボスモンスターは倒すとステータスポイントが貰えるのかもしれない。

30と言えば6レベル分だから結構なものになるね。

赤狼アリアの素材に関しては、今は保留にしておく。

《孤高の赤狼・アリアの魂》も含めて、装備を作るのに使いたいという思いはあるけれど、一応リンちゃんに確認を取っておきたい。

「そうだ、デスペナルティも確認しなくちゃ」

『デスペナあるん？』

『あるよ』

『初心者は少なめ』

『はぇー』

『このゲームはデスペナ緩いけどね』


ほとんど独り言のような呟きを拾ってくれたコメントを見つつ、メニュー画面を操作してヘルプを開く。

調べて分かったデスペナルティに関する情報は、それほど難しい内容ではなかった。

デスペナルティは基本的に六時間。

その内容はシンプルで、デスペナルティ中全ステータス半減と、経験値獲得不可状態の付与。

たったこれだけである。

死んだからと言ってお金を半分失ったりはしないし、アイテムも経験値も奪われない。

実質的な被害はフィールドの外に出る旨みがなくなるくらいである。

ゲームによっては、死んだらアイテムを奪われレベルは下がりお金もなくなるなんてザラなのだという。

そういう意味では、コメントの通り緩いデスペナルティだと言えるだろう。

しかも、レベル20以下の初心者はデスペナルティが一時間に軽減されるのだ！

私は21になったから六時間だけどね！

まあ、図らずもレベリング目標は余裕で達成したし、六時間くらいは休んでもいいと思う。

一通りのリザルトを確認した私は、デスペナルティのこともあって一度ログアウトしてリンちゃんとお話することにした。

今日は午後から放送すると言っていたので、まだ九時も回っていない今は私の放送を見守ってくれているはずだ。

「デスペナルティが六時間付いちゃったので、色々調べ物をするのを兼ねて一旦落ちようと思います。アイテムも買いたいので、放送の再開は早めの午後一時くらいにしますね」


『まあ仕方ないな』

『突然のボス戦だったし』

『映画みたいだったな』

『早起きしてよかった』

『後でリザルト報告会期待しとる』

『待ち遠しいなぁ』

「それじゃあ早朝からありがとうございましたー。おつかれさまー」

『おつ』

『おつ』

『おつ』

『乙』


コメントをある程度見届けてから、メニューのログアウトボタンを押して、この数日ですっかり慣れた浮遊感を感じながら私は電子の世界を抜け出すのだった。

＊＊＊

『彼』がその配信に目をつけたのは、珍しく早起きできたからと趣味の配信巡りを始めた時だった。

『スクナの初配信』というタイトル――朝六時に予約された、もうまもなく始まる新配信。

「二日目から配信を始めるのか……」

珍しいな、と彼は呟いた。

こういう配信というのは、目新しさを求めて始まりからやって行くのが常道《じょうどう》だからだ。

配信情報を見れば、既にレベル14のプレイヤーであることがわかる。

(新規が雪崩込んで飽和していた昨日一日で14まで上げたっていうのか……)

それは昨日新規プレイヤーたちの初々しい配信を眺め、応援していた彼だからこそ感じた驚愕だった。

どんなプレイヤーの配信なんだろう、そう感じた彼は、まもなく始まるその配信をサムネイルをクリックした。

プレイ中の配信をウリにしている《ＷｏｒｌｄＬｉｖｅ－ＯＮＬＩＮＥ》ではあるが、その実、現時点での配信者は全プレイヤーの一割に満たない。

それは、ＷＬＯの最大のセールスポイントと、最初の購入者層の目的がズレていたことに起因するものだ。

ＶＲＭＭＯの最大の欠点は何か。それは、体感型であるが故に、ゲーム中にゲーム以外の動作を一切行えないという点だ。

タダでさえ作業感が強くなりがちで、時間泥棒なＭＭＯである。

それでもＰＣやコンシューマー機で出来るＭＭＯと違って、ＶＲＭＭＯは多くの内から「ひとつしかできない」という弱点を抱えていた。

ひとつしかできないのなら、質の高いものを求める。他にない魅力を求める。そんな中、彗星《すいせい》の如く現れたのがＷＬＯだったのだ。

圧倒的なグラフィック。最高峰のＡＩ。五感を最大限に生かせる現実感。

ベータテストにより話題が爆発した結果、品質を求める層がこぞって買い求めたというのが真相である。

故に、配信機能を目当てに購入を決めた層というのは、実のところそれほど多くはなかったのだ。

とはいえ公式が用意した有名実況者やプロゲーマーなどの配信により、配信機能もしっかりと機能した。

とりわけ、大会以外で名を売れるようになったVR専門プロゲーマーたちの活躍は目覚しい。

《HEROESのリンネ》《フリーダム・ボマーズのファイマ》《ファン・クリエイションのマサヨシ》などはネームバリューに加えて圧倒的なプレイ時間で最前線配信プレイヤーとして名を馳《は》せている。

彼らのフォロワーも徐々に増え、一般配信プレイヤーも増えてきた。

そして同時に、プレイヤー外の視聴者も確実に増えてきている。

WLOの配信機能は、今になってようやく熱を帯びてきたジャンルだったのだ。

『あー、あー、テステス』

少しばかりもの思いに耽《ふけ》っていた彼は、そんなふわりとした声で現実に引き戻された。

画面を見れば、放送が始まっていた。

映っているのは、黒髪黒目の鬼人族の少女。ピーキー故にあまり選ばれはしないものの、見た目の人気が高い種族のひとつだ。

初めてだからだろう、カメラに手を振ったりマイクテストをしている姿は、アバターの愛らしさと相まって微笑ましく映った。

《初見》

それはもはやライフワークに近いコメント入力だった。

配信とは、配信者とリスナーの両方がいて初めて成り立つエンターテイメント。

それはつまり、コメントがあってこそ楽しくなるものであるということだ。

だから彼は、配信を見る時は必ずコメントを入れる。自分に出来る最大の支援であると信じているから。

案の定、彼以外にも数人の視聴者がコメントを書き込んだことで、配信主の少女の顔が明るくなった。

『あ、初見さんいらっしゃいです。初配信なんで上手くできてるかわからないんですけど、声とかちゃんと聞こえてますか？』

素直な反応に惹かれたのか、まだ十数人しか見ていないにも拘らず、コメントがそれなりの速度で書き込まれていく。

彼もまた、差し障りのないコメントを書き込んだ。

『よかったー。あ、初見さんはどうもです。それじゃあ配信始めていきますね。私はスクナって言います。昨日のリンちゃん……リンネの放送を見てた人なら知ってるかな？』

「ん？」

努めて穏やかな口調をしているのであろう配信者――スクナの口から出た言葉を噛み砕くのに、いくらか時間が必要だった。

リンちゃん？　から始まり、リンネという言葉から『ＨＥＲＯＥＳ』を連想し、そして流れていくコメントで、目の前の少女がプロゲーマー成り立てのプレイヤーであることを知った。

『ＨＥＲＯＥＳ』に新人が入るという情報は知っていた。

ただ、彼はｅスポーツ自体にはそれほど興味がなく、配信者としてのリンネのファンである程度。

その上、スクナが出ていた昨日のリンネの配信は、他の新人を漁るのに夢中で全く見ていなかったのだ。

（く、悔やまれる……そうか、実質昨日から配信してたんだな）

まだ少ないリスナーの中には既にスクナのファンもいるようで、彼は見逃した自分の失態を悔やんだ。

（それにしても……レベル14相応の装備はしてるな。金棒ってことは打撃武器スキル持ち？　女の子としては珍しい）

気を取り直した彼は、改めてスクナの装備を眺める。

鉄板装備に鎖帷子、ベルト付きの革ズボンを装備してるということは投擲スキルを持っている可能性もある。アレは投擲アイテムを装備できる以外は革ズボンと性能が変わらないからだ。

武器も金棒。鬼人族に大人気とはいえ女性には珍しいもので、よくも悪くも装備の見た目は無骨で堅実と言えるだろう。

（アンバランスというかなんというか……イイな）

勢いよくフィールドに飛び出していき、ウルフの群れを瞬殺する。

的確に弱点や柔らかい部位を叩くことで全てをワンパンで沈めたスクナは、事もなげにコメントとの交流を再開した。

（戦闘が上手すぎる。なんだ今の、器用に大きくステ振りしてるのか？　あの速さで動く狼の脳天を叩き割るって……）

何よりも敵を見つけた瞬間野獣の如き眼光に切り替わり、瞬時に倒したと思ったら見た目相応のぱっちりとした目に戻る切り替えの早さ。

何かが乗り移ってるんじゃないかと錯覚するほどであった。

（これは伸びる。間違いない）

彼の長年のリスナー歴が、スクナの可能性をビンビンと感じ取っていた。

その後、突然の人体破壊発言に笑い、まさかのボス戦で燃え上がり。

最後にはすっかり虜《とりこ》になってしまったのは、ある意味では至極当然のことであった。

「さてと、再開は一時だったね」

最前線攻略クラン《竜の牙《ドラゴンファング》》。

そのクランを支える生産職の一人である彼は、装備を整えて移動を開始する。

それは未討伐のネームドボスモンスターの素材を手に入れた新規プレイヤーに会いに来た……という体裁を保てる今のうちに接触して、あわよくばスクナとフレンドになるためである。

幸いなことに、彼の得意とする生産は、今のスクナにとって極めて有用な物のはず。

上手いこと行けば、ネームド素材での生産だってできるかもしれない。

「皮算用はしない主義なんだけどね」

いつだってチャンスを掴むのは行動をしたものだけだ。

いくつかの邪な思いを抱えつつ、彼は拠点である第四の街《フィーアス》から始まりの街へと駆け抜ける。

彼こそは一日のほとんどを配信視聴と装備生産で終える、ゲーム内屈指の高等遊民。

そんな最前線を陰から支えるトッププレイヤーも、今この場では一人のファンでしかなかった。

＊＊＊

【まさかの】ナナ／スクナ総合スレ２【ボス戦】
1：名無しの鬼好き
ここは『HEROES』VR部門所属のプロゲーマー《ナナ》及びWLOの《スクナ》について語るスレです。荒らしは厳禁、アンチはNGで。

2：名無しの鬼好き
＞＞1乙
何が起こってんだろなこれ

3：名無しの鬼好き
＞＞1おつ

わからん見えない

4：名無しの鬼好き
狼が優勢に見えたんだけど

5：名無しの鬼好き
＞＞1おつ
全部躱して殴ったってことなんだろうけど

6：名無しの鬼好き
＞＞1乙
三割増しで眼光が鋭い

7：名無しの鬼好き
＞＞1おつ
君にスクナたその叩きつけを食らう権利を与えよう
実際何が起こってんだかな

8：名無しの鬼好き
カメラ近すぎてよくわかんねぇ

9：名無しの鬼好き
スクナたん笑ってるぅ

10：名無しの鬼好き
そもそもこの狼なんだよ

11：名無しの鬼好き
おっカメラ離れ始めた

12：名無しの鬼好き
狼もでかいと迫力あるなぁ

13：名無しの鬼好き
>>10
前スレ997からだけど

ネームドボスモンスターだって
孤高の赤狼アリアってやつ

14：名無しの鬼好き
徘徊系のキチクソモンスターやぞ

15：名無しの鬼好き
赤と言うより緋色って感じだけどな

16：名無しの鬼好き
＞＞14
やられたんだな乙
徘徊っても出現条件未確定だろ

17：名無しの鬼好き
ソロネームドなのは確か

18：名無しの鬼好き

こいつ回復させてくれないからほんと嫌い
レベル以上に強く感じるのそのせいだよな

19：名無しの鬼好き
プレイヤーたちも結構見てんだな
まあ配信のコメント欄早すぎて追えないから気持ちわかるけど

20：名無しの鬼好き
こんなのと対面したらチビっちゃう……！

―

107：名無しの鬼好き
サマーソルトｗｗｗ

108：名無しの鬼好き
完成度たけぇな

109：名無しの鬼好き

どんなバランス感覚してたらあそこからサマソできんだ

110：名無しの鬼好き
まだダメージくらってないのほんとやばい

111：名無しの鬼好き
＞＞109
一応金棒を支えにしてた

112：名無しの鬼好き
ほとんど攻撃もしてないいんだよな

113：名無しの鬼好き
直で当たったら氏ぬからな
回避とカウンターに全霊注いでるんじゃ？

114：名無しの鬼好き
最初は結構ガツガツいってたのにな

115：名無しの鬼好き
何とか配信コメ拾ってきた
あのペースで戦ってるとスタミナが持たないって判断したんじゃないかって

116：名無しの鬼好き
＞＞115
なるほも

117：名無しの鬼好き
あーなるほど

118：名無しの鬼好き
某狩りゲーでずっと鬼人化してるみたいな感じ？

119：名無しの鬼好き
＞＞118
大体あってる

120：名無しの鬼好き
だからカウンターね
それはそれであの暴力を見切らなきゃいけないわけだけど

121：名無しの鬼好き
センス以前に目がいいのかな

122：名無しの鬼好き
このゲーム視力とかどうなってんの

123：名無しの鬼好き
運動神経がいいってレベルじゃない気はする

124：名無しの鬼好き
>>122
ある程度矯正される
それ以外は下げると逆に負荷がかかるからそのままとかだったと思う

125：名無しの鬼好き
反応速度もそうだけどVRってやっぱ才能はあるよな

126：名無しの鬼好き
んなこと言ってたらキリないし

127：名無しの鬼好き
フルダイブ適性なんてトレーニングでいくらでも上がるからな
とはいえスクナたそに関してはそういうレベルの話でもなさそうだが

128：名無しの鬼好き
何年も前だけどリンネの初期を見てるとわかるよな
あっ運動苦手なんだなみたいな
最終的にトッププレイヤーになってるけど格ゲーだけは相変わらず避けてるし
WLOでも真っ先に純魔ビルド選んでたし

129：名無しの鬼好き

これがいわゆるリアルチートって奴ですか

１３０：名無しの鬼好き
＞＞１２９
そうです

――

４６９：名無しの鬼好き
うおおおおおおおおおおお

４７０：名無しの鬼好き
うわあああああああああああああ

４７１：名無しの鬼好き
嘘だろおおおおおおおおおおおお

４７２：名無しの鬼好き
やったあああああああああああああああぁぁぁ

473：名無しの鬼好き
成し遂げたぜ

474：名無しの鬼好き
やったぜ

475：名無しの鬼好き
スクナたんも死んだああああ

476：名無しの鬼好き
この紙一重感に泣いた

477：名無しの鬼好き
ファンになった

478：名無しの鬼好き
ハラハラしすぎて心臓破裂した

479：名無しの鬼好き
金棒と低級装備でレベル差ダブルスコアのユニークを屠るとかもうこれわかんねぇな

480：名無しの鬼好き
＞＞478
心臓破裂兄貴早く病院行って

481：名無しの鬼好き
マジレスするなら相性が良かったんだよな
鬼人族は物理特化ステータスの種族で
赤狼も物理特化モンスター
まあレベル差とか考えるとやっぱ変態ＰＳが決め手だろうけど
赤狼みたいな魔法職絶対メタと同じく物理ガンメタのモンスターもいるからバランスは取れてるかなぁ

482：名無しの鬼好き
あ、復活した

４８３：名無しの鬼好き
ほんとだ
デスペナルティとかあんのかな

４８４：名無しの鬼好き
＞＞４８１
そういや種族的に明確な弱点があったな
ＰＳ化け物すぎて目が眩んでたわ
逆に言えば物理特化では勝ち目がない説もあるけど

４８５：名無しの鬼好き
＞＞４８３
あるよ
時限性のステータス制限と経験値制限
アイテムロストはなし

４８６：名無しの鬼好き

>>484
鬼人族の魔法に対する耐久の低さは正直笑いたくなるくらいだからな
実は天敵はリンネみたいな純魔の範囲攻撃
しかしスクナたゃんほんま戦闘狂って感じじゃった

487：名無しの鬼好き
すげぇ楽しそうだったからなぁ

488：名無しの鬼好き
戦闘中の凛々しさと戦闘後のぽわぽわ感のギャップがいいんじゃ

489：名無しの鬼好き
お、一旦配信切ってログアウトするってよ
デスペナ六時間あるし順当かな

490：名無しの鬼好き
再開はお昼過ぎかぁ
しかしふとした時に漏れるリンちゃんって言い方の幼馴染感

491：名無しの鬼好き
クール系のイメージだからなぁリンネ
リンちゃん呼びが繋がらんのよなｗ

492：名無しの鬼好き
リンネのことリンちゃんって呼ぶ発想はなかったわ
まぁリンネ曰く幼稚園からの付き合いらしいしおかしくはないか

493：名無しの鬼好き
リンネによるナナのプライバシー暴露が著しすぎる件
本人が何一つ語ってないのにプロフィールＷｉｋｉがあるのほんと草

494：名無しの鬼好き
きっと愛故だから（震え声）

495：名無しの鬼好き
休日の朝からいいもん見れたなぁ

＊＊＊

【Lv40】WLO名持ち情報共有スレ7【超えてから】

1：みりおねあ
ここは主にWLOのフィールドボス、ネームドボスモンスターを狙う攻略組がたむろするスレッドです。レベル40を超えた猛者《もさ》たちの集いであることを認識し、節度ある使用を心がけましょう。また、匿名ではないので不用意な書き込みは控えるようにしましょう。

――

128：テツヤ
今北産業
二徹して寝ちまってたわ
なんかすげぇ勢いでスレ埋まってるけど何かあったん

129：モモスケ
テツヤ殿！

130：ブレイズ

社畜機動部隊のテツさんじゃないすかちーす

131：フォルティシモ
社畜のテツさんが休日に休んでるとか珍しいっすね

132：ノエル
第二陣のプレイヤーに
ネームドボスが倒された
駄目だ三行にするほど内容がねぇ

133：テツヤ
は？
ネームドが？
第二陣に？
もう少しマシな嘘があるだろ

134：みりおねあ
私たちもそう言いたいですけどね

現場を見ちゃいまして……

135：ノエル
そいつ配信してたんだよ
タイムシフトもちゃんと残ってる
同接最大15kまで行ってたわ

136：テツヤ
チートの気配は？
てかそもそも誰がどれを倒したんだ？

137：みりおねあ
プレイヤー名はスクナ
HEROESのVR部門に所属が決まったばかりの新人ちゃんですよ
昨日のリンネの配信で、つい百万ほど投げちゃいました

138：フォルティシモ
みりおねあさんの名は体を表す感ほんと好き

どっからお金が出てるんですか

139：ノエル
チートの線は多分ないな
あんだけ派手に話題になってBANされてないし
ちなみにやられたのはアリアだよ

140：テツヤ
HEROESってことはちょっと前話題になってたナナって奴か
てかアリアってことはソロネームドかよ。どうやってあのスタミナチートを倒したんだよ

141：ノエル
見ればわかるけど徹底的にカウンター戦法
今考えてみるとあれはスタミナ消費を抑えるためだったんだな

142：テツヤ
あのクソ狼相手にカウンターって誰でも考えるけど誰も出来ないやつじゃねーか
まあいいやちょっとタイムシフト漁ってくるよ

１４３：ノエル
おっけー
今日は攻略休んで色々検討でもいいかなってくらいの衝撃だわ

１４４：みりおねあ
おや、社畜機動部隊の皆さんは今日はおやすみですか？

１４５：ノエル
まだ午前中だしわからないけど、ソロネームドについての検討はすると思う

１４６：フォルティシモ
ボキも参加したいでしゅ

１４７：ノエル
語尾がウザイから却下

１４８：みりおねあ

私はちょっと東のネームドに挑んできますね

149：フォルティシモ
ごめんなさい!!
みりおねあさん4んだな（確信）

150：モモスケ
ふむ、皆が攻略に精を出しすぎて過疎っていたここも活気づいてきたでござるな
某《それがし》も気張らねばなるまい

第二章　第二の街へ

「んん〜っ」

数時間程度とはいえ寝転がっていたことで固まった体を伸ばして、私はＶＲマシンから降りた。

ついさっきまでかつてないほどの集中力を発揮していたせいか、久しぶりに頭がぼんやりする。

狂ったように働いていた頃も、ここまで疲れたことはないと思う。

土方仕事はまた別だけど、普通の接客業なんてピーク以外は案外楽だったりするものなのだ。

しっかりと体を解《ほぐ》してからぺたぺたと足音を立てて居間に向かうと、美味しそうな匂いが漂ってくるのがわかった。

「リンちゃーん、何作ってるの〜？」

「ナナ。落ちてたのね。早めの昼ごはん、いや遅めの朝ごはんかしら」

「わー、ビーフシチューだ。どれくらいでできる？」

「あと十分くらいよ」

「じゃあ食器の準備しちゃうね」

エプロンをして鍋を掻き混ぜているリンちゃん。

きっと私がログアウトしてくることを見越してご飯を作ってくれていたのだろう。

二人分置いてある食器を棚から出して、テーブルに並べていく。

私はビーフシチューにはパン派なのでコッペパンも用意して、リンちゃんはシリアルを食べるので忘れずに牛乳を出した。

「いただきます」

二人の声が重なって、少し遅めの朝ごはんを食べ始めた。

リンちゃんビーフシチューの他にもグラタンを作ってくれていたようで、全体的に洋風な食卓になっている。

私は和洋中なんでも好きだけど、カロリーが高いので洋食をよく食べる。

だから好きな物は洋食に偏ってるし、それを知っているリンちゃんの料理のレパートリーも自然と洋食に偏っているのだ。

「とりあえず、ネームドボスモンスター討伐おめでとう。配信は見てたわ。やっぱり貴方を誘ってよかった」

頰笑みを浮かべて、リンちゃんそう言った。

あの幸せな戦いの時間を得られたのは、間違いなくリンちゃんが私をこのゲームに誘ってくれたおかげだった。

「リンちゃん、ありがとね。ずっと気にかけてくれて」

「お礼を言われるようなことじゃないわ。私が貴方から貰ってきたものに比べれば、本当に些細《ささい》なことよ」

せっかくのお祝いの言葉だったのに、なんだか湿っぽい空気になってしまった。

それを察したのか、リンちゃんはすぐさま話を切りかえてくれた。

「それで、アリアのリザルトはどうだったの？」

「称号とスキル、アクセサリー、それから素材かな。内容のスクショ撮ったから……えっと、これか。見てみて」

差し出した端末には、ゲーム内のスクリーンショットを転送してある。

リンちゃんは興味深そうな顔でそれを一通り眺めてから、納得したように頷いて端末を下ろした。

「それで、何か聞きたいことはあるかしら？」

「流石リンちゃん、話が早い。リンちゃんはネームドアイテムって知ってる？」

「ええ、もちろん。私自身は持ってないけど、フレンドが持ってるわよ」

やはり、私が予想した通りネームドアイテムを入手しているプレイヤーはいるようだ。

「レア度：ネームドって、公式のページには書いてなかったよね。あれは何？」

「それも含めて、ネームドについて説明するわ。貴方が戦った《アリア》を含めたネームドボスモンスター――通称ネームドは、公式では情報が伏せられた各フィールドのボスモンスターのことよ。伏せられていると言ってもゲームをやってれば簡単に知ることができるんだけどね。ネームドには種類があって、検証によると大まかに三種類に分けられるわ」

リンちゃん曰く、ネームドボスモンスターには《ソロ》《パーティ》《レイド》という三種類の区分があるそうだ。

まず、彼らと出会った時点で、「逃走と乱入」という選択肢がシステム的に封じられる。その通称が《結界》である。

私は気付かなかったけど、赤狼アリア戦でもその《結界》は発動していたらしい。

その《結界》の内側には決められた人数まで存在できるようになっていて、その区分けが先程リンちゃんが挙げた三種類になる。

例えば孤高の赤狼・アリアはソロ限定の《結界》を持つモンスター。それ故に逃走不可の一騎打ちを強いられる。

仮に逃げるとしても、あの敏捷と無限スタミナ相手に逃げられる気はしないけど……。

《パーティ》区分ならば同一パーティ内の六人まで。同様に《レイド》なら五パーティ三十人まで。

ネームドボスモンスターの《結界》に関しては、現状このルールで間違いないとのことだった。

つまり《結界》というのは、フィールド上にボス部屋を作り出すようなイメージと捉えてもらえばいい。

加勢が期待できない代わりに横槍も入らない。

もし仮に赤狼との戦いで最後の最後に横槍が入ったりしたら……と考えると、納得のいくシステムではあった。

「で、そのネームドなんだけど、ゲーム内で初討伐された時に必ず《魂》っていうアイテムを落とすの。これが初討伐ボーナスね。これのせいで白熱したラストアタック戦争が……っと、これはまあいいわね。とりあえず、《レア度：ネームド》っていうのはその《魂》そのものと、それを使った武具にしか付かないわけ。公式は隠してるから公式サイトじゃわからないし、上位プレイヤーも詳細を秘匿してるから攻略情報まとめを見てもわからないかもね」

「ふーん……つまり超絶レアアイテムってことだね」

「ふふっ、まあそうね。間違ってないわよ」

考えるのを放棄した私を見て、リンちゃんは案の定と言った顔をしている。

武具に使えるレアアイテム。上位プレイヤーでもほとんど手に入れられてなくて、初回討伐者に確定でドロップする。

それだけわかっていれば十分だろう。

「あ、そうだリンちゃん。さっきのスクショに書いてあったと思うけど、討伐した時点でステータスのボーナスポイントも入ったんだよ」

「そう言えばそうだったわね。いくつ?」

「30だと思う。6レベル分だね」

「30……そう、ソロのネームドでもポイントは入るのね。これまで討伐されたネームドはパーティ規模のが三種類だけなんだけど、その時参加していたメンバーも全員がナナと同じだけのボーナスを獲得してるわ。ただし、初回限定でね」

「一回きりのボーナス……まあ当然かぁ」

倒す度にステータスポイントを貰えてたら、最強プレイヤー待ったなしだもんね。

「同一モンスターからはもちろんのこと、二種類倒しても初回以降はなかったらしいわね。ただ、もしかしたら区分の違うネームドなら貰えたりするのかも。この辺は考察クランに情報を投げておくわ」

「そこら辺は任せるよ。んー、ビーフシチュー美味ひい」

「当然よ。私の料理だもの」

最低限、どうしても聞いておきたかったことは聞けたので、熱々の内にビーフシチューをほお張る。

私はビーフシチューが好きだ。もちろん普通のシチューも。

煮込み系の料理は全般好きだけれど、とりわけこの二つに関しては譲れないものがある。

「ああ、ネームドの報酬だけど、《魂》以外に関しては別に晒してもいいから。そもそもワローは配信をウリにしてるから、あまり情報を隠しても意味ないのよね。もちろん隠してもいいけれど」

「突然のこととはいえ、私も派手に放送しちゃってたからね。最初百人くらいだったのに、一万人超えてたもん。ところでワローって何？」

「WLOの雑な略称。配信者の間で流行ってそのまま定着したの」

WLO、ワロー。私は英語に詳しくないので正確な発音とか分からないし、要はフィーリングだ。

それっぽく読めていればいいのだろう。

「ああそうだ、赤狼素材なんだけどね。多分早ければ午後にでも生産プレイヤーの接触があると思うわ」

「ふぇ？　なんで？」

「だって倒されたことの無いモンスターの素材よ？　しかもネームドのだから質が高くて、それもソロ討伐だから纏まった量もある。扱ったことのない素材で作ってみたいって言うのは生産者のサガよ」

グルメ家が美味しいものを求めるのと同じよ、なんてリンちゃんは言っている。

申し訳ないけどその例えはわかりやすいようでわかりにくい。

「そっかぁ……どうしたらいいかな？」

「自分で選んだプレイヤーに託してもいいと思うわ。ネームド素材を扱えるプレイヤーとなると、現時点では前線級のハイレベルプレイヤーに限られるけどね」

生産レベルが足りていないと、強いモンスターの素材は使えない。

ありがちだけど納得のいく理由だった。

「わかった。自分で決めてみることにする。何でもかんでもおんぶにだっこじゃダメだと思うし」

「私は大歓迎よ？」

「あはは、知ってるよ」

歓迎を表すように手を広げるリンちゃんに笑みを返すと、リンちゃんもまたウインクを返してきた。

「ああそうだ、デスペナが六時間ってことは、レベル21になったのよね。実は始まりの街で……」

「へぇ！　じゃあさ……」

＊＊＊

ＷＬＯの話題一色に染まった会話だったけど、私たちは昼の配信までゆったりとした時間を楽しんだ。

十二時にリンちゃんが放送をするためにログインしていったのを見届けて、食器の片付けと洗濯物の取り込みをする。

大凡《おおよそ》の雑事を終わらせて、一時ちょっと前に私もＷＬＯに再ログインするのだった。

「という訳で配信再開じゃー」


『わこつ』

『わこつ』

『初見』

『待ってた』

『時間を守る社会人の鑑』

『イクゾー』


時刻は午後一時。少しだけ仮眠を取ってから、私は約束通りに配信を再開させた。

早速二百人ほどのリスナーがいてたまげたけど、仮にもピークは一万人を超えていたわけで、その内の何％かが残留してくれたのなら嬉しい限りだった。

「初見さんはどうもー。とりあえずまだデスペナは抜けてないので壊れちゃった金棒とズボンを買い替えなきゃですね」

『金棒氏……』

『あいつは良い奴だったよ』

『まさか戦闘一回で壊れるとはなぁ』

『耐久高いのがウリって聞いたぞ』

『まあボス相手だし多少はね』


《フィニッシャー》の代償で粉砕されてしまった金棒と、切り裂かれた足とともにロストしたベルト付きの革ズボン。

今の私は、この二つの代わりとなるものを補充する必要があった。

ちなみに革ズボンが壊れても麻のズボンが自動で装着されてた。お色気シーンはないようだ。

「まあ金棒が壊れたのは私が使ったアーツのせいですね。耐久全損と引き換えの最終奥義ってやつ」


『ふぁっ』

『耐久全損は流石に笑う』

『打撃武器スキルの《フィニッシャー》だね。代償の重さの割にはイマイチ威力がないことで有名な奴。ただ、習得できる熟練度の低さと両手で持っていればどんな体勢でも発動できる利点もあって、正真正銘フィニッシュブローとしては使えなくもない感じ』

『耐久度説明兄貴!?』

『相変わらずタイピング早すぎて草』

『→おまいらも大概だぞ』


もう予測して待機してるんじゃないかと思うほどのスピードで書き込まれた詳細情報に、コメント欄が騒然としている。

たぶん朝の配信にもいた人だろう。少なくともプレイヤーだとは思うんだけど、自分のプレイはいいのかな?

「とりあえず武具店に行くぞー。ちゃんと金棒に代わる新しい武器の情報も仕入れたからね」

一時間ちょっと残ったデスペナルティを考慮して始めた配信だから、買い物の時間はいくらでもある。

まだ使う機会の来てないポーションとか、解毒薬みたいなアイテムも買い揃えたいので、早速ショッピングを始めるために私は武具屋へと向かうのだった。

＊＊＊

「やぁやぁ、君が噂のスクナくんだね」

「んっ?」

武具店を訪れた私は、突然知らないプレイヤーに声をかけられた。

短髪の白髪にハチマキを巻いたナイスミドル。

装備はかなり凝ったデザインの軽鎧で、店売りとは比較にならない出来から恐らくプレイヤーメイドであろうと予測がつく。

少なくとも始まりの街のNPCショップを利用するような初心者プレイヤーではないな。

そんな印象を抱かせるプレイヤーだった。

容姿と名前が知られているのは、それなりに注目を集めたからだろう。

しかし配信中の私に話しかけるということは、顔や装備がまるっと映ってしまうということでもある。

まあ、自分から話しかけてきたわけだし、気にすることないか。

今の視聴者さんは五百人くらいだから、それほど大きな問題ではないと思うけど。

「どなたですか？」

「おっと、これは失礼したね。僕は子猫丸《こねこまる》という、一介の生産プレイヤーだよ」

「これはどうも、スクナです」

敬語というわけではないけど、とても丁寧な物腰でナイスミドルはそう名乗った。

しかし子猫丸とはなかなか可愛らしい名前だ。

渋みに溢れた男性が名乗る名としてはギャップがあってむしろありかもしれない。

「それで、ご用件は？」

「話が早くて助かるよ。リンネくんからの入れ知恵かな？」

「リンちゃんの知り合い？」

「フレンドになるくらいには交流があるね」

子猫丸さんが可視化したメニューウィンドウをこちらに向けてくる。

フレンド一覧が記されたそこには、確かに《リンネ》の三文字が刻まれていた。

「ってことは……前線級のプレイヤーだよね」

「ははは、察しがいいね。今は第四の街《フィーアス》を拠点にしているよ。さてと、話が逸れても時間の無駄だし、単刀直入に行こう。僕に君の防具を作らせてもらえないか？」

リンちゃんの知り合いであるらしい子猫丸さんの提案は、予想していた通りの内容だった。

わざわざ生産プレイヤーだと名乗り、現在最前線とされている第五の街より一歩手前に拠点を持っていることまで明かした。

それが本当ならば間違いなく腕のいい生産プレイヤーではあるのだろうし、そこまで来ればこの提案が飛んでくるのは想像に難くない。

「作れる装備の種類は？　私は基本的にフルアーマーやローブ系の装備は使わないですけど」

「専門は軽鎧一式。金属も革もどちらも扱えるよ。今装備しているこれも、当然僕が手ずから作成した自信作だよ。生産者たるもの、自分自身が広告塔にならねばいけないものでね」

「へぇ……いいセンスしてますね」

「コツは奇を衒《てら》わないことだよ」

自信満々な表情で自分の作品を宣伝しているけれど、それだけの価値はあると思う。

子猫丸さんの着ている鎧は、細部まで作り込まれたデザインを除けばとてもオーソドックスな革鎧だ。

守るべきところを守り、動きの邪魔にはならない。そんな無難な作りになっている。

このゲームでは、ステータス上の防御力が同じでも、防具のある場所とない場所では食らうダメージが変わってくる。

至極当然の話だけど、ビキニアーマーよりフルアーマーの方が硬いのだ。

そういう意味で、子猫丸さんの着ている鎧一式は、革鎧としては十分な防御力を備えていると言えるだろう。

「条件は？」

「赤狼素材による革鎧一式の作成。製作で余った素材をいくらか譲ってくれるのならば、値段は格安で対応させてもらうよ。もしも《魂》《アレ》を持っているのならなおさらね」

スラスラと言葉が出てくる様は、流石に交渉慣れした前線プレイヤーと言ったところだろうか。

アレ。その内容をあえてぼかしたのは、不特定多数の前で不用意に情報を漏らしたくないからか。

子猫丸さんが欲しているのは、リンちゃん曰く現時点でゲーム内で四種類、四個しかドロップしていない激レア素材。

すなわちネームドボスモンスターの《魂》。《孤高の赤狼・アリアの魂》であろう。

ネームドボスモンスターの存在も、討伐した際に手に入る称号も、ほとんどの情報は共有されている。

ただ、《魂》に限っては、現状は最前線プレイヤー達の秘匿情報として扱われているのだとリンちゃんは言っていた。

あのリンちゃんですら秘匿しているのだから、私が不用意にその情報を漏らす訳にはいかないだろう。

今の見えないやりとりでわかったのは、子猫丸さんが《魂》の情報を知っているくらいには上位の生産プレイヤーであるということ。

そして、それを使って生産をしてみたいと思っているということだ。

なら、と私は口火を切る。

「悪くないけど、それならもう一押し欲しいですね」

正直な話、今の条件で受けてもよかった。

でも、せっかくのレアアイテムなのだ。

引き出せる条件はなるべく引き出しておきたいと、私は正直に欲をかいた。

「ふむ……そうだね。せっかくのネームド素材を逃すよりはマシだと思って、ここは涙を飲んで無料で作ろう。他に必要な素材も全てこちらで用意しようじゃないか」

涙を飲んでなんて言いながら、子猫丸さんは笑顔を全く崩していない。

値切られる前提、というより赤狼素材を扱えれば値段など幾らでも構わなかったということだろう。

値切ってよかったと思いながら、私もまた笑顔で応えた。

「交渉成立ですね。で、具体的にはどうすれば……？」

「ああ、まずは《契約》の内容を決めるんだ」

「《契約》？」

「条件と報酬を定めて《契約》を結ぶことで、生産における不正を防ぐためのシステムだよ。例えば生産者側のアイテムの持ち逃げを防ぐとか、横流しを防ぐとかね。それ以外にはアイテムの無駄な消費をさせないことだろうか。逆に依頼者側の報酬未払いなんかもそうだ。これを破ると《犯罪プレイヤー》としての烙印《らくいん》を押されるから、滅多なことでは破られない拘束力を持っている」

そういうシステムもあるのか、と私は思わず感心してしまった。

滅多なことではないのかもしれないけれど、人と人との間では必ずトラブルが発生するものだ。それをある程度防ぐ可能性がある時点で、かなり効果のあるシステムであると思う。

やむを得ない事情で《契約》を破ってしまった場合は、双方合意の上で運営に報告することで許されるとか。

ちなみに、契約を破る理由で一番多いのは、後払い契約の報酬未払いだそうだ。

だから、信用性を高めるために取り引きは前払い契約が基本になっているそう。

もちろんそれで生産者が不正をしていた場合は、運営からアイテムと金銭を没収される措置が待っている。

「今回は支払いがないから、素材の扱いと期限の設定が主な条件になるね。休日で時間があるとはいえ、工房に戻って製作するから二日は貰いたい。念の為、予備日を含めて三日貰ってもいいかな？」

「期間は任せます。生産のことはわからないし……」

「そうか、助かるよ。素材に関しては全部預かってから、生産後に一度全て返却する。その後、余った素材の中から相談して譲ってもらおうと思う。使用した素材の数も明記されるし、生産自体はシステム的に100%成功するから無駄遣いの心配はいらないよ」

本来ならデザインも、ゲーム内に用意されたデフォルトから動かさなければ直ぐに作れるそうだ。

そうしないのは生産職としての拘りというより、素材から考えうる最低限の性能しか出せないという問題によるものらしい。

デザインを考え、使う素材の組み合わせを変えて、そうして作られた装備はデフォルト生産に比べてより高い性能になるのだとか。

「なるほど……かなりしっかりとルールが決まってるんですね、生産って」

「自分で素材を集めて、作って売るだけならそんなこともないんだけどね」

それでも楽しいからやるんだ、子猫丸さんはそう言って再び笑みを浮かべていた。

「あ、でも……こうして放送に顔を出しちゃったら、レア素材を奪いたい人に襲われたりとかしないですか？」

「はは、心配はいらないよ。前線プレイヤーの中に僕を襲うようなバカはいない。これでも有名クランに所属して、最前線の生産の要《かなめ》を背負ってるからね。僕を襲うってことはクラン全てを敵にする程度じゃ済まないのさ。そもそもＰＫで素材を奪うことは出来ないんだけどね」

私の心配を笑い飛ばし、子猫丸さんは自信満々の顔でそう言った。

「じゃあ、お任せします」

「うん、任せてくれ。きっとネームドの名に恥じない装備にしてみせるよ」

無事に《契約》を結んで、私から赤狼素材を受け取った子猫丸さんは、最後にフレンド登録をして第四の街にとんぼ返りしていった。

討伐の動画を見てわずか数時間で始まりの街まで駆け抜けて、再び拠点に戻る。

子猫丸さんはそれくらいの熱意があったからこそ、最前線クラスの生産プレイヤーになれたのかもしれないなぁ。

＊＊＊

「ふぃ～……それじゃあ金棒買いに行こうかー」

『おつかれ』

『おつかれさん』

『交渉中の営業スマイルで笑った』

「接客のバイトは長いことやってたけど、交渉とじゃ違うよねー」

アバターだから違うかもしれないけれど、推定年上と思われる男の人との会話で想像以上に緊張していた私は、息をついて武具店へと入店する。

昨日訪れた時とは違って、お金に余裕が出来たのであろう第二陣のプレイヤーで店内はそこそこ賑わっていた。

「これを見てるとＮＰＣがいない理由がわかるなぁ……」

剣や槍、杖の店に比べれば空いている打撃武器のお店に入りながら、都心の駅を思わせる混雑っぷりに辟易する。

まあ、やっぱり武具を買い揃えるってイベントは楽しいものだから、気持ちはわかるんだけどね。

私も昨日存分に楽しんだ訳で。

そんな微笑ましい気持ちで彼らを見届けながら、私は昨日同様に片手用の打撃武器コーナーを訪れる。

実は、レベル20を超えると、初心者卒業ということでＮＰＣショップに裏商品が追加されるのだとか。

その中のひとつに「絶対気に入るわよ」とリンちゃんが自信満々に言っていた武器がある。

それが……。

「じゃーん、レベル20から開放された新武器！　《超・金棒》です！　だいたい五時間ぶりにグレードアップして帰ってきました！」

要求筋力値50！　攻撃力補正は倍増の30！　耐久値は５００のまま！

超が付くにふさわしい性能になっていると言えるだろう。

見た目は変わっていないように見えて、色の深みが増していた。

お値段２０００イリス。まあ多少の値段は仕方ない。防具が図らずもタダで手に入りそうなので、武器にくらいお金を使っていかないと。


『デェェェェン』

『デェェェェン』

『デェェェェン』

『→なんだその団結力は』

『鬼に金棒が……』

『撲殺鬼娘の再誕である』


散々な言われようである。私は別に元コマンドーの筋肉モリモリマッチョマンではないぞ。

「その撲殺鬼娘ってのやめよ？　泣くよ？　もっとおしとやかな感じにしよ？」

『ぶっころ悪鬼』

『殺戮の天使』

『殴殺鬼娘』

「キレそう」

私はこの邪知《じゃち》暴虐なリスナーたちを必ずや除かねばならぬと決意した。

なんて冗談はさておき、緩やかに流れていく何ら変わりのない悪名を読んでいく中で、一つ目に付いた名前があった。


『打撃系鬼っ娘』


鬼っ娘と言える年齢かは自信がないけど、少なくともこれ以外のネーミングは実質悪評みたいなものだったから、とてもまともな感じに見えたのだ。

「はい、というわけで配信主権限で打撃系鬼っ娘に決定しました異論は認めません！」


『えぇー』

『えぇー』

『やったぜ』

『えぇー』

『ええんちゃう？』

『打撃系鬼っ娘にじゅういっ』

『→し、死んでる』

『（あかん）』

『→無茶しやがって……』

「ほんと容赦ないね君たち⁉」

別に私自身は年齢弄られたって怒ったりしないのに。

ちなみにリンちゃんもそういう所は無頓着な方だと思う。

好き放題なリスナーたちに憤慨しつつも、この程よいからかいが心地よくも感じてしまう。

「さー、武器も揃えたしデスペナも切れるし、ちゃちゃっとアイテム買ってから北の平原に行きますか！　目指せ《試練の洞窟》！」

空元気じみた声で気を取り直して、私は北門へと向かって歩き出す。

向かう先は《試練の洞窟》。北の平原の先にある、第二の街《デュアリス》に続くダンジョンである。

ワイワイ騒ぐリスナーたちと共に、私は新たな一歩を踏み出そうとしていた。

「スクナさんですよね！　朝の配信見てましたー」

「おーありがとうございます。お互い頑張っていきましょう」

麻のシャツ装備のエルフの少年プレイヤーと通算五人目になる握手を交わして、手を振って別れる。

現在私は北の平原に通されている街道をのんびりと歩いていた。

休日の昼ということが関係しているのか、南に比べると遥かに人の多い北の平原。

普通に街道を歩いているだけでは、モンスターのポップにありつくこともできない有様だった。

今更私がボアを狙う理由はないから、いいと言えばいいんだけど。

というより、どうも北の平原にいるプレイヤーはそもそもそれほどガチでやっている訳じゃないっぽい。

みんな散歩でもしてるくらいの感じでホンワカしていて、私のことを知った人たちからちょいちょい握手を求められるくらいには穏やかなフィールドだった。

ちなみに、リンちゃんから聞いたこの平原のネームドボスモンスターの名前は《不動の魔猪・ドルドラ》。レベル40を超えるパーティネームドだそうだ。

完全ランダムにふらりと現れては全てを破壊して去っていくマジモンの災害らしい。

ただ、滅多に出てこないんだとか。三日に一回出現報告があればいい方、といった頻度のようである。

「リンちゃんから聞いたんだけどねー、ドルドラってのがいるんだって。出ないかな～」

《試練の洞窟》までの道のりがあまりにも暇なのでそんなことを呟くと、リスナーたちがその名前に反応する。


『ドルドラ？』

『何そのドラゴンっぽい名前』

『北の平原のネームドボスだってさ』

『体長十メートルのクソデカ猪だよ』

『ひぇっ』

『バケモンで草』


「なにそれこわい」

そんな話は聞いてないよリンちゃん。

そんなこんなで一時間ほど雑談をしながら歩いていると、大きく開けた洞窟の入口が見えてきた。

何十メートルもありそうなその空洞はダンジョンというよりはただの洞窟のようで、《試練の洞窟》という ボロボロの立て札がなければ疑いたくなるくらいに普通な場所だった。

「初ダンジョン行きましょー」

草原に比べれば疎《まば》らな人の群れを抜けて、私は薄暗い洞窟の中に足を踏み入れた。

洞窟内は入口同様かなり開けていて、ぼんやりとした光源が壁に張り巡らされてるおかげで視界は確保されていた。

洞窟というよりは坑道と言った方が合ってるかもしれない。

ならす程度に整備された足場も、その印象を後押ししている。

「リンちゃんによると、このダンジョンの適正はパーティ平均10レベル。ソロなら回復アイテムをしっかり持ち込めば15くらいでいけるそうです。余裕だな!」

『イキリ鬼娘』

『フラグを立てるな』

『21レベルはズルでしょ』

『ボスを倒した正当な報酬なんだ』

『不慮の事故だったからね仕方ないね』

『出てくるモンスターの種類とかあるの？』


「あー、蝙蝠《こうもり》のモンスターとゴブリン系。蝙蝠の名前は《バット》と《ジャイアントバット》だったかな。動きが不規則な飛行モンスターってことで割と苦戦する人も多いみたいだけど……」

リスナーの質問に答えていると、ちょうど探知の範囲にモンスターの反応があったのでベルトに差した投げナイフを抜いて掌で弄ぶ。

暗いのと保護色で見づらいけど、天井に蝙蝠のモンスターが止まってるのが見えた。

「よっ！」

指に挟んだナイフをダーツの要領で弾いてやれば、反応する間もなくバットの首を貫いた。

実に呆気なく砕け散ったモンスターから落ちてきたナイフをキャッチして、ベルトにしまい直した。

「こんな風にやれば簡単に倒せるよね」


『どうやったの今の』

『すげぇ』

『投擲を使いこなす変態』

『PSでゴリ押しするの草』

『もう少し一般向けの方法で頼む』


「実は速度が大したことないから慣れればあっさり倒せるみたい。こんな感じ」

前の方のプレイヤーから流れてきたっぽいバット三匹を、テンポよく金棒で叩き落とす。

投げナイフ程度でも即死する耐久で耐えられる訳もなく、あっさりと散っていった。

「最悪武器を振り回すか範囲魔法で消し飛ばせばいいって。MPの無駄遣いだけどねー」

そもそもバットはこのダンジョンの中では最弱だ。

最悪噛み付かれてもここに来るくらいのプレイヤーならほとんどダメージはない程に弱い。

毒を持ってる訳でもないので、冷静に対処すれば怖い相手ではないのだ。

「怖いのはゴブリンの方だね。基本的にはウルフより弱いくらいなんだけど、上位種が三種類。ホブゴブリン、ゴブリンメイジ、ゴブリンアーチャーってのがいて、大抵群れの中に一体はいるんだって」

ちなみにひとつの群れは五~七体ほど。遠距離持ちが混じっているなら確かに面倒な相手だとは思う。

「ただ、どうも前を行ってるパーティがほとんどの敵を倒しちゃってるっぽいんだよね」

『あー』

『敵がいない訳だ』

『今はプレイヤー飽和してるもんな』

『無理してでも先に行ったもん勝ちみたいなとこある』


「レベル20以下ならデスペナも少ないし、ある程度育てたらさっさと先に進むのはありだと思う。始まりの街にしかないものってほとんどないらしいし」

のんびり進みながら、襲いかかってきたバットをたたき落とす。

レベル3の表示にそぐう、悲しみを感じる経験値を入手した。

気付けばゴブリンと出会うことはなく、ボス部屋の前にたどり着いてしまった。

このダンジョン、ダンジョンって言っていいのかさえ微妙な一本道だった。

お宝を探すとかそういう楽しみはないんですか。ないんですね。

「前の人たちが戦ってるみたいだから少し待ちだね」

私のゴブリン（えもの）を取っていった不届き者たちだ。もちろん冗談だ、むしろ楽をさせてもらったままである。


『スクナって普段からゲームしてるん？』

「ゲームはねー、六年くらい前は毎日やってたよ。リンちゃんがゲーム好きでしょ？　一緒にやってたんだー。最近はめっきりだったんだけどね」
ボス部屋の前に陣取りながら、私は視聴者のコメントに答える時間を作った。
ひとりだったらぼんやり待っててもよかったんだけどね。

『年齢は？』

「リンちゃんと一緒。幼馴染だからね」

『何でそんなに動けるの？　スポーツとかやってるの？』

「なんでだろう。できるからできる……としか言えないかな」

『打撃武器好きなの？』

「剣より使いやすくない？　強いて言うなら殴った時の感触が好きかな」

当たり障りのない質問にひとつひとつ答えていく。

プレイに行ったのか他の配信を見てるのか、今は三百人くらいしか見ていないからコメントも追い切れないことはない。

と、閉じ切っていた扉がひとりでに開いていく。

ボス戦が終わったみたいだ。

勝ったのか負けたのか、どちらにせよ次は私の番だ。

「じゃー行きますかー」

体を解しながら扉を潜ると、私の後ろでゆっくりと閉まっていくのがわかった。

逃走不可、まあ当然といえば当然か。

なんにせよ、このゲームのデスペナルティの軽さを考えれば撤退しながらの情報収集なんてやる意味は薄い。

ボス部屋は扉から数十メートルの通路があって、その先に広間があるという構造をしていた。

相当広い、学校の校庭の半分位の広さの空間の真ん中で、ボスはあぐらをかいて待っていた。

体長は二メートル半ほど。赤色に隆起した筋肉が目を引いて、額には二本のツノが生えている。

「レッドオーガ、レベルは13ね……」

正直な話、アリアと戦った後だと若干格落ち感は否めない。

とはいえそれでもボスモンスター。油断はしない方がいいだろう。

背負った超・金棒を引き抜いて、私は咆哮するオーガに向かって駆け出した。

ここに来るまでの間に、レベルが7つ上がって狂った身体感覚は慣らしてある。

赤狼アリアと戦った時とは比較にならないほどスムーズに動く体にニヤケながら、私はレッドオーガの振り下ろす棍棒に金棒を叩きつけた。

「おぉっ？」

ゴンッ！　と大きな音を立てて、互いの武器が鍔迫り合う。

振り上げる私が不利とはいえ、競り合う程度には筋力値に差はないらしい。

「案外強いね、ちょっとなめてたよ」

とはいえ、だ。残念ながら速さが圧倒的に足りていない。

私は再び振り下ろされる棍棒をゆったりと躱して、レッドオーガの脛《すね》に力を込めて金棒をぶち込んだ。

「ゴアアアアアアッ!?」

「弁慶じゃなくとも泣き所ってね」

減り幅はおおよそ一割。スキルの使用も考慮すれば、多分あと六、七回当てれば倒せてしまう計算だ。

ゲームあるあるの発狂を考慮しても、かなり余裕がありそうだった。

そして十分後。

「強くなりすぎちゃったな……」

たくさんの『せやな』コメントに囲まれながら、私はポリゴンと化して爆散するボスの姿を見届けていた。


――


『ダンジョンボスモンスター：レッドオーガを討伐しました』

『ダンジョン：試練の洞窟をクリアしました』

『第二の街：デュアリスへの道が拓《ひら》けました』

『ボーナスステータスポイントを入手しました』


――


ＷＬＯにおける第二の街、《デュアリス》。

始まりの街に比べるとやや小さな作りになっているのはご愛嬌か。

街の構造はさておき外観や街並みに大きな差はないようで、メニューカードを提示して街に入ればそれほど変わりない景色が広がってきた。

時刻は五時に近くなり、空はすっかり夕焼け模様に染まっている。

あっさり抜けたとはいえ、平原から試練の洞窟と単純に距離があった。時間がかかってしまったのはやむないことだろう。

「はー……果てしない道のりだったね！」

『ほとんどお散歩だった件』

『強くなりすぎた女』

『観光ツアーかなにかかな』

「せっかく人が大変だったなぁって雰囲気作ってるのに！」

はい。ぶっちゃけ楽でした。それもこれも試練の洞窟で私のゴブリンたちを奪っていったパーティが悪いと思います。まる。

あ、そう言えばダンジョンボスのボーナスステータスポイントは5ポイントだった。

これはクリア報酬なんだろうね。他に素材手に入らなかったし。

「強くなりすぎたって言ってもリンちゃんはレベル47だって言ってたし、まだまだだよねぇ」

最前線に行くのは朝までの私の至上命題だった。

プロゲーマーとしての実力を示すには、やはり注目の多い最前線に立つのが手っ取り早いとリンちゃんに言われたからだ。

だった、と過去形なのは、赤狼アリアの討伐という目に見える戦果を出してしまったから。

現状、最前線への強行軍は必要ない。至上命題から、なるべく早くくらいまで優先度が下がっていた。

「とりあえず、今日のこのあとの予定は職業の獲得になります。あ、職業っていうのはレベル20から登録できるやつです。第二の街の……職業登録所って場所でできるらしいから探そうか」

ＷＬＯでは、レベル20から職業が設定できるようになる。

ステータスやスキルを参照するそうだけど、実際に行って説明を聞いたほうがいいとリンちゃんは言っていた。

始まりの街には「職業登録所」はなく、現状は「偶数の街」、つまり第二とか第四の街で登録できるようになっているそう。

せっかくレベル20を超えているんだし、早速登録しようと思ったのだ。

鼻歌を歌いながら街を歩いていると、ここにも朝の放送の視聴者さんがいたのか、チラチラと視線を感じた。

勇気を持って話しかけに来てくれた人とはちょこっとお話しして、ついでに職業登録所について聞くことにした。

「あ、職業登録所ってどっちですか？」

「ああ、まっすぐ行ったら広場があるんで、左手に見えるデカい建物っすよ」

「ありがとうございますー」

爽やかな人族の好青年だった。盾持ちの片手剣士とは中々バランスの取れた構成だね。

盾は便利なものだ。受け止めることも受け流すことも出来るし、殴るのにも使えなくはない。

ぶっちゃけた話をすれば、赤狼との戦いは盾があればもっと楽に戦えたと思う。

ただ、盾を装備してると両手で使う系統のアーツ……つまり《打撃武器》スキルのアーツが使えなくなる。

《片手用メイス》スキルが全く育っていない現状、盾を装備する余裕は私にはないのだ。

「もう少し我慢して両手系の打撃武器にするのもありかなぁ」


『いきなりどうした』

『怖い』

『まさかさっきの青年を……』

『早まるな！』


「いや別にそんな算段は付けてないよ!?　両手武器もいいなって思っただけで！」

ちょっとリスナーさんたち、思考回路がおかしな方向に行ってる気がする。

いやまあ、私もつい独り言を呟いちゃってるところあるけども。

そんな勘違いコントみたいなやり取りをしていると、街の広場にたどり着いた。

「確か左手に……ああ、あれか」

普通に漢字で「職業登録所」って書かれた建物があった。

なんだか釈然としない気持ちになりつつ、特に扉のない広い入口を潜ると、まるで役所のようにカウンターと受付NPCが並んでいた。

「どれに並んでも一緒だよね？」


『おっさんの所にしよう』

『びじんなおねぇさん！』

『可愛い受付の方が絵的に良いよ』


「うん、適当に選ぼうか」

混雑という程でもない、チラホラ空いているカウンターのひとつに向かうと、美人なＮＰＣのお姉さんがにっこり笑顔で出迎えてくれた。

「ようこそ、ここは職業登録所……えっ？」

綺麗な人だなぁなんて思っていたら、突然お姉さんが固まってしまった。

え、バグった？

お姉さんＮＰＣはしばらく固まった後、再起動して頭を下げてきた。

「……し、失礼しました。まさかこの街でその証を見ることになるとは思わなかったもので……」

お姉さんの示す先には、《名持ち単独討伐者の証》がぶら下がっている。

大した大きさじゃないし、戦闘の邪魔にならないからネックレスにしてつけていたやつだ。

「これかぁ……そんなに凄いものなんですか？」

「凄いなんてものじゃないですよ！　世界に認められし覇者をたった一人で倒した証なんですか

ら！」

一目見た時はクール系美女ってイメージだったんだけど、お姉さんはなんだかミーハーなアイドルファンみたいに興奮していた。

ＮＰＣの好感度アップってこういうことなのかな。

そしてそんなことより、気になる厨二ワードがあった。

「世界に認められし覇者……？」

「名持ちのモンスターのことです。世界にその名を刻んだモンスターは、無双の力によって人の力を試すと言います。例えば試練の洞窟のダンジョンボスであるレッドオーガ。あれは名持ちではなく、あくまで種族名に過ぎないんですよ」

そう言われると、確かにレッドオーガには名前らしい名前はなかった。

瞬殺できてしまったから印象が薄いけど、流石についさっきのことだし覚えてるよ。

それにしても、世界に名前を刻む、か。

その内、戦ってたモンスターが突然世界に名前を刻んで「ネームドボスモンスターに進化しました」とか言って進化したりして。

「そういう扱いなんですね……あ、職業登録なんですけど」

気になったことは聞けたので、肝心の本題に移るために話題を変える。

興奮して前のめりになっていたお姉さんはハッとした表情を浮かべて頬を赤らめ、姿勢を正して接客モードに入った。

「んんっ、失礼いたしました。職業登録ですね。メニューカードをお出しください」
「どうぞ」
「ありがとうございます。レベル20の達成確認……はい、今からこちらに表示されるのが現在のスクナ様が選択可能な職業になります」
「どれどれ……」

――

《戦士》
武器を用いた物理攻撃を主体に戦う職業。
筋力、頑丈に上昇補正がかかる。
取得条件：いずれかの武器スキルの熟練度を20以上まで上げる。

《粉砕士《クラッシャー》》
打撃武器を用いた物理攻撃に特化した職業。
打撃武器を装備している場合に限り、筋力と頑丈に上昇補正が入り、武器の攻撃力補正をアップする。
取得条件：打撃属性を持つ武器スキルの熟練度を50以上まで上げる。

《シーフ》
ダンジョン探索に特化した職業。
《罠解除》スキルと《鍵開け》スキルを習得できるようになり、器用に上昇補正がかかる。
取得条件：器用、敏捷が50以上で《探知》または《隠蔽》スキルを熟練度10以上まで上げる。

《童子》

魔法技能（MP、知力、魔防）の一切を捨てた鬼人族に示される特殊職業。一度就いたら転職出来ない。

ボーナスステータスポイントを魔法技能に振り分けられなくなる代わりに、物理技能（筋力、頑丈、敏捷）に上昇補正。

また、鬼人族NPCへの好感度がアップする。

取得条件：《鬼人族》プレイヤーで、ボーナスステータスポイントを一度もMP、知力、魔防に振り分けていない。


――

「こういうのって割と自由に選べるイメージだったんだけどなぁ……」

「そう仰られる方は結構いらっしゃいますが、そういうものですので」

お役所仕事的というか、いやまあゲームのことだから当たり前ではあるんだけど。

まあとやかく言っても、私が取れる職業に変わりはない。

この四つの中だと《戦士》と《シーフ》は切っていいだろう。

説明を見る限り、《戦士》は幅広く色々な種類の武器を使いたいプレイヤーが取るべき職業だ。

例えば短剣と両手剣とか、メイスと片手剣とか。

良くも悪くもどっちつかず。それが悪いとは思わないけど、私は打撃系の武器以外を使うつもりはない。

《シーフ》はそもそも斥候《せっこう》系の職業だ。前衛戦闘職の私とは合わない。

となると残る二つの中から選ぶ訳だけど、さてどうしたものか。

《粉砕士》は多分、剣士とか魔法使いみたいなものだろう。

ひとつの武器属性に対応した職業である代わりに、戦士のような幅広い職業より少し補正が強いのだと思われる。

もうひとつがなければノータイムでこれを選んでいた自信があるくらいには、今の私と噛み合った職業だ。

問題はもうひとつの、《童子》の方にあった。

「すいません、特殊職業ってなんですか？」

「あら、特殊職業が表示されていらっしゃるんですか？」

「はい。《童子》ってやつが」

「《童子》……魔法技能を捨てた鬼人族にのみ選ぶことが出来るという特殊職業ですね。正直に申しますと、選ばれる方はほとんどいないです」

それは、私からすればかなり意外な話だった。

始まりの街周辺に魔法を使うモンスターがほとんどいない以上、ここにたどり着く《鬼人族》プレイヤーは大抵の場合《童子》の取得条件を満たしていると思われる。

余程バランスを重視するプレイヤーか、鬼人族で魔法使いをやるような奇特なプレイヤー以外は、使いもしない魔法技能に限られたボーナスを振り分ける理由はないからだ。

で、いざ職業登録をしようと思った時にこういう尖った職を見つければ、多少のデメリットは無視して選びたくなるのが人の性《さが》だと思う。

特別、特殊。そういうものに惹かれるのはもはや本能なのだから。

そんなに意外そうな顔をしていたのか、私の表情を見たお姉さんは質問を投げかけてきた。

「もしかしてとは思っていましたが、スクナ様はこの街に来たばかりですか？」

「ついさっき着きました」

「なるほど。それでは第三の街《トリリア》に続くダンジョンのことはご存知ですか？」

「いえ、全く」

「それなら仕方ありませんね。北門の先、荒野フィールドを抜けた先にある大森林。通称《魔の森》は、出てくるモンスター全てが魔法を使ってくる魔法特化型ダンジョンなんです。ここに登録しに来る方々は、ほとんどがそこでレベル20に到るんですよ」

「ああ……なるほど」

お姉さんの説明で、私が抱いていた疑問はおおよそ解消できた。

つまり、だ。

アリア戦の恩恵で魔法を一度も経験しないままこの街に来た私と違って、普通のプレイヤーは「魔法の怖さ」をしっかりと身に染み込ませてから登録に来るのだ。

なぜならこの街はソロでもレベル15もあればたどり着ける街。

レベル20を超えるまで始まりの街周辺にいること自体が珍しい。

そして、とりわけ鬼人族は魔防が低いから、適正レベル帯のモンスターが放つ魔法攻撃は脅威だろう。

「レベル21の私の数値でレベル1の人族の初期値と同じ」といえばその低さが伝わるだろうか。

そんな状態で魔法ばかりのダンジョンに潜れば、まあひどいことになるのは想像できる。

もし仮に、それでもボーナスポイントを魔防に振らなかったのだとしてもだ。

今後一切振らないという《童子》の条件を飲めるかと言われれば、他にも優秀な職業があれば無理して取る必要もないと思う可能性は高かった。

私ですら《粉砕士》との間で迷ってるわけだしね。

「世間的にはどんな感じなんですか、これ」

「そうですね。確かに職業としての補正は高く、鬼人族としての長所をさらに伸ばすことができます。ただ、見ての通りデメリットが大きいですから、命が限られたこの世界の住人は滅多なことでは選びません。だからこそ、《童子》を取得し習熟するまでに至れば、世の鬼人族からは羨望の眼差しで見られるのですが……私はオススメしませんね」

「なるほど。じゃあ《童子》にします」


《童子》でよろしいですか？　はい。

本当によろしいですか？　はい。

やり直しはききません。本当によろしいのですね？　はい。


そんな、三重にかかった確認画面をサクサクスルーして、私は特殊職業《童子》を選択する。

そして、ステータスに《童子》の文字が刻まれたメニューカードをお姉さんに受け渡した。

「えっ？　あっ、もう選択されてる……！　話聞いてましたか⁉」

「聞いてました。でも、ほら……特別って、良くないですか？」

大慌てなお姉さんだけど、私は彼女の話を聞いて特に問題ないと判断した。

ピーキー上等。尖った職業大歓迎だ。

元より「全部躱して殴り倒す」という理由で選んだ鬼人族である。

魔防に振ってバランスよく……なんて考えるよりは、全てを力でねじ伏せるくらいの気概を持つべきだろう。

何よりも、ここで特殊職業を選ばないのは色々と負けた気がする。

ほとんど居ないということは少しは居るということで、先駆者がいるのに及び腰になるような甘えは要らないのだ。

「それにほら、お姉さん。私、これを持ってるくらいには強いんですよ」

「うっ……」

ここに来てドヤ顔で《名持ち単独討伐者の証》をチラ見せすると、お姉さんは勢いを失っていく。

こういう使い方をするものじゃないとわかっているけど、レベルやステータスで強さを示せない以上これほど便利なアイテムもないなと思った。

こうして、私は鬼人族専用特殊職業《童子》への就職？　を果たしたのだった。


「またわからないことがあったら来ますね」

「はい。またのお越しをお待ちしています」

受付のお姉さん（ナディアさんと言うらしい）に見送られ、私は職業登録所を後にした。

あの後、ナディアさんから説明されたのは職業の習熟度の話だった。

レベルだったり熟練度だったり習熟度だったりとこんがらがりそうになるけど、眠くなりそうな話を頑張って聞いた。

習熟度というのはレベル21から先、1レベルごとに1ポイント貰える数値のことだそうだ。

もしレベル21以降も無職のまま戦っていた場合、職業を登録するまではプールされ、登録した瞬間に振り分けられる。

レベル20の時点で登録したら習熟度0。30なら習熟度10が、一度にひとつの職業に注ぎ込まれる形だという。

この習熟度を上げることでアーツを覚えたり、ステータス補正が上がったりするんだけど、何よりも重要なのは一定値で《上位職》が開放されるってこと。

例えば《剣士》の習熟度を30まで上げると《剣豪》に進化する。《魔法使い》なら《魔導師》になるそうだ。

1レベルで1ポイントの習熟度を獲得できるから、レベル50まで上げると、この二つの職業は上位職に進化するということだ。

また、一度上げて手に入れた職業由来のアーツなどは、別の職業でも普通に使えるらしい。

例えば剣士のアーツ《シャープエッジ》。

これは武器の切断力を上げるというシンプルな効果を持っているけど、一度習熟してしまえば魔法使いでも使えたりする。

そうやって別々の職業を一定の習熟度まで上げると、《魔法剣士》のような上位職に派生することもあるらしい。

《童子》に関しては現状、上位職は見たことがないとナディアさんは言っていた。

ただし、必ず存在するはずだとも。

曰く、「派生先が《？・？・？》となっていて、登録所としても詳細がわからない。枠はあるので派生先はあるはず」とのことだった。

私の他にも童子を職業にしているプレイヤーはいる。

それでも現状判明していないということは、習熟度以外にも何かしら特別な条件がいるのかもしれない。

もしかしたら、単純に魔防が低すぎてレベルが稼げずに、習熟度が必要値に達していないだけかもしれないけど。

ざっくり纏めると。

登録した職業はレベルアップに合わせて習熟度が上がる。

習熟度を普通に上げれば、一定の数値に至った時に上位職に変化する。これが《剣豪》や《魔導師》のような職業に当たる。

転職した場合は変わった職業の方に習熟度が加算されていき、場合によっては特別な上位職に派生する。

こちらは《魔法剣士》のような職業だ。

転職不可の私には関係ないけど、そういうのもあると覚えておいて損は無いだろう。

現在の私は、ステータス表記を想像するに職業：《童子》習熟度1と言ったところだろうか。

現状は物理技能、つまり筋力、頑丈、敏捷の三つから、それぞれ5％ほどのステータス上昇を見て取れる。

でも、逆に言えばそれだけだ。そもそも《童子》っていう職業から想像しうるアーツがない。

習熟度を上げることで得られるメリットについて、改めて調べてみる必要がありそうだった。

＊＊＊

時刻は六時を回り、空に星が見えるくらいの暗さになっていた。

「結構時間かかっちゃったなぁ……こういう所、配信ではどうしたらいいのかな。よければコメントください」

今朝の赤狼との戦いの時もそうだったけど、常にリスナーを意識したプレイをするというのは不可能だ。

長時間に及ぶボス戦闘は今後もありうるし、今回のように説明を聞いたり、単純にロールプレイを強いられるシーンもあることだろう。

私は配信者としてはぺーぺーの極みだ。

リンちゃんに聞くのもいいかもしれないけど、リンちゃんの配信スタイルもまた、積み上げてきたものの上で成り立っているはず。

私は私なりに、せっかくなのでリスナーの意見を募《つの》ることにした。

『プレイ優先で』

『せやせや』

『もっと暴れて（はぁと）』

『ナディアさんすこだ……』

『たまにコメントに反応してくれれば（ボソッ）』

『実況は動画で見れるから配信では生の姿を見たいんじゃ』


「なるほど……じゃあやりたいようにやっていこうかな」


『殺（ヤ）りたいように……？』

『ヤりたいように』

『やはり撲殺鬼娘は格が違った』

『俺はスクナたんが優しい心の持ち主って知ってるから！』


「みんなの中での私の評価とは……ぐぅ」

おかしいなぁ。一体何故私はそんなにバイオレンスなイメージになってしまったのだろう。

私はこんなにも心優しい女の子なのに。

……いや、女の子は流石に厳しいな。そこまで若々しくはなれないや。

「もう少し狩りをしようかな、と思ったんだけど……暗くなってきたし、今日はこの辺りで配信をやめます。まだ、夜間配信用のサブ機能買ってないので」

街中はまだまだランプや街頭で明るさを保っているけど、街の外は既に宵闇《よいやみ》に支配されている。

実は、WLOの配信機能は課金制である。

一日三時間限定の配信権限で月々千円。

私やリンちゃんのように制限なしだと月々三千円だ。

このお金がかかるというのがミソで、誰も彼もが配信をしていない理由はここにあったりする。

そこに諸々のオプションがあって、夜間配信時にリスナーの視界を確保するための機能もそこにある。

これはリスナー視点だと明るく見えるというだけで、プレイヤーの視界は明るくならない。

だから、リスナーにはモンスターの不意打ちが見えても、プレイヤーは気付かずにやられるなんてこともあったりする。

ちなみにフルオプション付きの配信権限はだいたい月に一万円する。高い。

流石にフルオプションともなれば採算の取れるゲーマーにしかできない芸当だけど、リンちゃんは一回の配信で何倍も稼ぐとか。

ついでに、どうやって稼ぐのという話をすると。

ストリーマーという職業が成り立ち始めた頃から、配信の視聴者数などとは別に、直に配信者を支援する機能がある。

通称『投げ銭』である。

実際には配信サイトによってその名前は異なるんだけど、どこに行っても投げ銭といえば通じてしまう。

ＷＬＯと提携している「ライバーズ」では「ライブチケット」なんて洒落た名前が付いているんだけどね。

たいていの場合は支援額から何割かを運営が持っていって、余りが配信者に振り込まれる。

この支援のポイントは「ただお金を寄付する」訳ではなくて、投げ銭をした側にもメリットがあるという事だ。

例えば、支援額に応じて配信の支援者欄に名前が載るとか。

投げ銭をする時に一緒にコメントを残すと、流れることなく表示され続けるとか。

何よりも大金を支援することで配信者に名前を覚えて貰えるとか。

有名ストリーマーたちはこういった方向でもお金を稼いでいるわけだ。

リンちゃんは月に数百万以上を配信だけで稼いでて、それに加えて企業の案件とかプロとしての活動とか……とにかくいっぱい稼いでる。

なお、投げ銭を受け取るには申請が必要だ。

今はまだ収益化の申請をしていないけど、アリアとの戦いで条件が達成できたから、今後は私も投げ銭してもらえるかもしれない。

「明日は……流石に早朝からってことはないかな。十時くらいから始めると思う。告知出すのでよかったらチャンネル登録お願いしまーす」

『登録したで』

『忘れてた』

『早朝はきついので助かるぅ』

『仕事で見れねぇ……』

『社畜兄貴……』

『宣伝を忘れない配信者の鑑《かがみ》』


何だかんだでチャンネル登録者数も順調に増えてくれそうで何よりだ。

明日は日曜日なのに仕事……と思ったけど、私も週七で働いてたわ。

サービス業は休日こそメインだからね。休日出勤が社畜とも限らない。

「ではでは、今日は一日ありがとうございました。おつかれさまー」


『おつー』

『乙』

『おつであります』

『今お茶入れたの誰だ』


街中ならどこでもログアウトができる親切仕様に感謝しつつ、私はコメントに見送られてログアウトするのだった。

＊＊＊

「ふぅ……」

ナナのために第五の街から始まりの街に戻って、再び第五の街へと帰った。

このシャトルランじみた強行軍を現実でやれと言われたら絶対にできないけれど、ゲームの中ではＳＰさえあればできてしまう。

昼から始めた放送をめいっぱいに使ってなんとか第五の街に戻った私は、そのままゲームからログアウトしていた。

時刻はすでに夜八時を回ってる。

最前線に近くなればなるほど雑魚も手強くなってきて、移動にアホみたいに時間がかかってしまった。

とはいえ、道中のモンスターを倒していたおかげでなんだかんだレベルを上げられたので、全くの無意味だったわけでもないけれど。

「お腹すいたわ……」

結構な時間何も食べていないお腹が空腹を訴えている。

朝のビーフシチューがまだ残っているはずとはいえ、逆に言えば他に何かが作られた匂いはしない。

私の見立てではナナは私より先に放送を終えて、ハンバーグあたりを作ってるんじゃないかと思ったんだけど。

「ナナ～、もうログアウトし……っ」

リビングに置いてある、ぶっちゃけるとあまり使わないソファ。

私の趣味ではなく、兄からのプレゼントのやつなのだけど……ナナは、それに体を預けて眠っていた。

広くて大きなソファなのに、なんでか猫みたいに体を丸めている姿が途方もなく愛らしい。

「寝てる……わよね」

規則正しく動く胸が、少なくとも死んでいるわけではないことを伝えてくれる。

ナナは音もなく呼吸をするから、そういう所を見ないとわからないのだ。忍者か何かかしらね、ほんと。

それにしても、ナナが昼寝をするところなんていつぶりに見ただろう。

ご両親が亡くなる前は、割とよく眠っていたかしら。逆にそれ以降は見ていない気がする。

丸まって眠るナナの隣に座っても、起きる気配はない。

運動の邪魔だからと短く切り揃えられたショートヘアに、緩やかに指を通す。

まるで絹のように滑らかな感触の髪質。昔はこれをストレートのロングヘアにしていたのだ。

「りん、ちゃ……？」

不意に、ナナがほんの小さな声を漏らした。

目を開けている訳では無い。鼻を小さくスンスンと鳴らしているから、多分匂いで判断したのが寝言のように漏れたんだと思う。

「えへ、へへ」

私が隣にいることに気づいたのか、ナナは嬉しそうな声を漏らして私の膝に頭を乗せた。

いわゆる膝枕の体勢だ。小さく丸めていた体をだらっとソファに寝転がらせて、幸せそうな顔をして眠っている。

「ん……」

頬を撫でると、もっとと言わんばかりに体をすり寄せてくる。

もぞもぞと動かれるのがとてもくすぐったいけど、膝の上に乗っているこの可愛い生物の魅力の前には些事でしかない。

本当に、眠っているというのに、幸せそうな表情を隠しもしない。

ナナがここまで無防備な姿を見せてくれるのは私にだけだ。

元々無防備なところもあるけれど、昔兄が寝ているナナを起こそうとして寝ながら絞め落とされているのを見たこともある。

この子は、無意識でも自己防衛の機能が万全なのだ。そして私の前ではそれが働かない。

それはひとえに私が積み重ねてきた信頼そのもの。ナナに認められた証だ。

そう思うだけで幸せな気分に浸れて、安らかに眠っている親友の存在がただただ愛おしかった。

＊＊＊

私とナナが出会ったのは三歳の頃。

駆け落ち夫婦だというナナの両親が友人であった私の両親を頼ったのがきっかけで、その子供であった私たちは引き合わされた。

今からは考えられないことだけど、元々ナナは酷く無口で、無表情で、感情のかけらもない人形のような子供だった。

私は頼まれたから面倒を見ていたけど、基本的にはゲームをする私の後ろでぼんやりとそれを見ているだけ。

とにかくぼんやりした子だったから、何かにつけて私はナナを連れ回していた。

毎日一緒にいて、ひと月もすると、ナナは何も言わなくても私についてくるようになった。

一歩後ろでちょこちょこと。相変わらず無表情だけど、嫌な訳ではないんだなと思ったことを覚えてる。

変化があったのは、出会って一年が経った頃。

その頃には私に対して単語で言葉を返してくれるくらいにはナナも成長していて、私は彼女のことを子分のように思っていた。

そんな時、ふとした拍子に、一緒にゲームをすることになった。

今となっては廃れてしまった、しかし当時流行していた対戦型の格ゲー。

私は兄を蹴散らせるくらいに上手くって、そんな凄さをナナに分かって欲しくて、そんな幼い気持ちで初心者のナナと対戦して。

私は呆気なく、ナナに負けた。

完膚なきまでの完全敗北だった。一ダメージたりとも削れなかった。

油断してたからと再戦して、さらに洗練されたナナに叩きのめされて。

何度やっても何度やっても勝てなくて、私は子供らしく泣いてしまった。

多少の応答ができるようになったとはいえ、相変わらずナナは感情の機微を捉えるのが酷く下手っぴで。

泣き止まない私を抱き締めたり、頭を撫でたり、とにかくどうにかして慰めようとしてくれていた。

それでもそんなナナが気に食わなくて、私はナナの頬を張って逃げ出したのだ。

ナナは叩かれた頬を無表情に抑えて、立ち尽くしていたらしい。

初めて私が見せた怒りの感情をどう受け止めたらいいのかわからなかったとか。

翌日以降もナナは普通に姿を見せたし、何かを気にしているようでもなかった。

ただ、私から話しかけないと黙っているだけだったナナは、自分から口を開いてくれるようになった。

それは小さいけど、大きな変化。

今となってはそう思う。

それ以外はあまりにも態度が変わらないナナを相手に私の方がギクシャクしちゃっていたけど、
最終的には私が折れてその喧嘩……というか癇癪《かんしゃく》は終わった。

それからだ。私たちが本当に友達と言える関係になったのは。

そして、その事故は起こった。

きっかけは、二人で公園に出かけたことだった。

砂場で遊んでいた私たちは、突如として襲撃を受けたのだ。

その襲撃者は犬。同じ公園を訪れていたどこかの金持ちが飼育していた、ピットブルという品種の飼い犬だった。

遊びたかったのか。はたまた興奮するような要素があったのか。

幼い子供だった私は、突然突っ込んできて吠え散らかすその犬が怖くて仕方がなくて、無我夢中で泥玉を投げつけた。

結果として、それがピットブルを怒らせた。

大人さえも殺しうる獰猛《どうもう》な犬種が、四歳の子供に襲いかかったのだ。

本当に怖かった。泣いていたようにも思う。

ピットブルは飛びかかってきて、怖くて目をつぶったら、ぐしゃりと音がした。

痛くない。衝撃も来ない。ただ、暖かい液体が体にかかった。

なんでだろうと思ったら、ナナが目の前にいた。

肩口にガッツリと噛み付かれて、血を流す友達が。

大丈夫？　なんて、心配そうに言うのだ。

私の無事を確認してから、ナナは噛み付いた犬の目玉にシャベルを叩きつけて、無理やりに引き剥がした。

そして、目玉を打ち吸えられて悶絶する犬の頭を、思い切りシャベルで叩いた。

何回も、何回も、何回も。

頭の形が変わって、動かなくなるまで何回も。

完全に動かなくなったのを確認して、ナナもまた倒れ込んだ。

四歳の女児にはありえないほどの膂力で、ナナはピットブルを撲殺した。

ナナが犬を殺したことなんて本当にどうでも良くて、私は血だらけで倒れ込んだナナが心配で泣いた。

その騒ぎを聞き付けてやってきた大人が、病院に連絡してくれて。

ナナはかろうじて一命を取り留めたけど、出血のショックで死にかけていたと後になって知った。

目が覚めて、ナナは第一声で私の名前を呼んだらしい。

急いで駆けつければ、いつもと変わらないナナがそこにいた。

私は謝って、謝って、よかったって嬉しくてまた泣いて。

ナナはそんな私の頭を撫でてくれた。

その後のことは、全部お父さんがカタを付けてくれたから、私にはわからない。

犬の飼い主は酷く怒っていたらしいけど、そもそもその飼い主がまともにリードも繋がないまま犬を放置していたことにも責任がある。

けれど、ナナが犬を殴り殺した事実は、地域一帯に瞬く間に伝播《でんぱ》していった。

化け物と呼ばれた。人でなしと言われた。直接ではなく陰口のように、ナナは腫れ物扱いされた。

ナナが気づいていたのかは知らないけど、実の両親でさえナナの異常性には怯えていたように思う。

けれど、周囲がなんと言おうとナナは私の友達で、幼なじみで、助けてくれたヒーローで。

だから私は誓ったのだ。

何があってもナナの味方でいる。

それが私にできる数少ないことだから。

大好きな友達のために、私だけができることだから。

＊＊＊

「……ちゃん、リンちゃん？」

「……ナナ？」

ゆさゆさと肩を揺さぶられる感触で、私は意識を覚醒させた。

膝枕をしているうちに、私も眠ってしまったらしい。微睡みから抜けきらない意識のままに、私はナナを抱きしめた。

「どうしたの？」

「小さな頃のことを、ね。少し夢に見たの」

「そっか。……今日は、もう寝ようか」

「……そうね」

少しふらつく足元を、ナナが横から支えてくれる。

「ねぇ、ナナ」

「何？」

「……今日は、楽しかった？」

「今日も楽しかったよ」

「そう、ならいいわ」

ベッドにたどり着いて、布団に潜り込む。

そのままナナも引きずり込むと、一瞬驚いたような顔をしてから、抵抗することなく入ってきた。

「ナナ、おやすみ」

「うん。おやすみなさい」

＊＊＊

「ふぁぁ……」

起きた時、既にリンちゃんはベッドから抜け出していて、布団の中にいたのは私一人だけだった。

欠伸をしながら居間に向かうと、ご飯の匂いだけでなく話し声が聞こえてきた。

電話かと思ったけど、リンちゃん以外の人の気配もする。来客かなと思いつつ、私は居間のドアを開けた。

「おはよー。誰か来てるの？」

「おはよう。貴方も知ってる子よ」

どうやらリンちゃんと来客者はテーブルについて会話をしていたようで、ぱっと目に入る位置にいた。

金髪、碧眼。西欧系の顔立ちが印象的な、とても綺麗な少女。

身長とか細かな部分に差異はあるけど、見覚えのある顔なのは間違いない。

リンちゃん曰く彼女は私の知ってる子らしいし、多分間違いないだろう。

「もしかしてトーカちゃん？」

「はい！　お久しぶりです、ナナ姉様」

少女――トーカちゃんは、花のような笑顔でそう言った。

＊＊＊

彼女の名前は鷹匠燈火《とうか》。名前でわかる通りリンちゃんの親族で、従妹にあたる人物である。

リンちゃんの叔父さんの娘で、お母さんがイギリス人。

容姿はお母さんのものを強く遺伝した影響で日本人離れしているけど、生まれも育ちも日本のはずだ。

小さい頃からよく一緒に遊んでて、とりわけリンちゃんがよく可愛がっていたから、私も自然と仲良くなって。

中学の半ばくらいまではよく遊んでいた仲なのだ。

「うわー、大きくなったね。前に会った時は私より小さかったのに」

「身長ばかり伸びてしまいまして……お恥ずかしいです」

「そんなことないよー、かっこいいって」

座った状態でも大きく感じたけど、立った姿はもっと凄い。多分、百八十を優に超える身長だろう。手足も長くて、身長も高い。慎ましやかな所もまた、逆に彼女の美しさを際立たせている。頭ひとつ分以上身長が違うから、ほとんど見上げるような感じだ。

「ナナ姉様はお変わりありませんね」

「ナナはここ十年くらいずっとそんな感じよね。時間が止まってるみたいに変わらないの」

「二人が育ちすぎなんじゃないかな……」

他愛のない話で盛り上がる。久しぶりの再会で、見た目も大分変わってしまったけど、トーカちゃんは私の知るトーカちゃんのままだった。

「で、なんでこんな朝早くから？」

「ナナ姉様に会いに。こちらにいらっしゃると、リン姉様から連絡を頂きましたので」

「私に？　嬉しいけど、どうして？」

「え……？」

リンちゃんに用事があったならともかく、トーカちゃんが私に会いたい理由は特に思いつかない。そう思っての発言だったのだけど、トーカちゃんは私の言葉を聞いて石のようにピシリと固まってしまった。

目の前で手を振っても反応しない。いきなりどうしたんだろう。

「り、リンねぇ……ナナねぇが……」

「はいはい、ショックなのはわかったから泣かないの。忘れられてなかっただけマシよ」

硬直から抜け出したものの目尻に涙を溜めるトーカちゃんをポンポンと慰めると、リンちゃんはため息をついて言った。

「ナナ……貴方、燈火と会うのはいつぶり？」

「中学の頃からだから……六、七年くらい？」

言われて思い返したのは、両親が事故死してから色々あって誰かと遊ぶ余裕さえなかった頃。

それこそリンちゃんの言葉さえ耳に入らないほどに憔悴《しょうすい》していたあの時のことだった。

リンちゃんとさえまともに一緒に居られなかったのだから、当然トーカちゃんとの付き合いもなくなっていったのだと思う。

「知らなかったと思うけど、貴方地元では失踪したって噂されてたのよ？　貴方が叔母さんのところに引っ越して行った後、燈火なんて『ナナねぇが死んじゃった』なんて大泣きして大変だったんだから」

「ちょっ、リンねぇ待って言わないで！」

「えっ、嘘でしょ」

恥ずかしそうにリンちゃんに縋《すが》り付くトーカちゃんは、外向けの敬語をすっかり忘れてあたふたしていた。

この、ちょっとカッコつけてすぐに化けの皮が剥がれるのを見る感覚は久々だ。

元々私たちの前では敬語を使わない子だったのだ。

逆にそれ以外では常に敬語で喋る子だったけどね。

それにしても、失踪か。思えば私、リンちゃんとその両親以外には何一つ言わずにいなくなっちゃったかも。

卒業式は出たけど……一応持たされている携帯端末にも、リンちゃんと元職場と派遣会社の電話番号しか連絡先は入ってない。

だから、私が失踪した説そのものは発生する可能性自体はある、けども。

「リンちゃん、何も教えなかったの？」

「ええ。面白かったから」

「いや、うん。私の非もあるから責めようとかは思わないけど……そっか。ごめんねトーカちゃん。生存確認に来てくれたんだね」

こともなげに言ってのけるリンちゃんを責める権利は私にはなく、私はトーカちゃんに謝った。

彼女はそれを聞いて一瞬顔を曇らせたものの、すぐさま嬉しそうな顔に戻っていた。

「そういう訳じゃ……んんっ、そういうことです。今後はこういうことがないように、連絡先を交換しておきませんか？」

「うん、いいよ」

アルバイト先の人たちは他人だから登録しなかったけど、トーカちゃんは家族みたいなものだ。

こうして改めて出会えたのだから、連絡先くらいは登録しておくべきだろう。

そう考えて、部屋の片隅に置いてある数世代型落ちした携帯端末をトーカちゃんに預けた。

何せもう八年は変えてないから、進化し続ける携帯から見れば随分レアなシロモノである。

慣れているのだろう。手際よく連絡先を交換したトーカちゃんは、十数秒で端末を返してくれた。

「うへへ、ナナねぇの連絡先……」

「燈火、よだれ垂れてる」

「嘘っ……垂れてないじゃないですか⁉」

「垂らす前に教えてあげたの。舞い上がる気持ちはわかるけど、もう少しピシッとしなさい」

「うぅ、はい」

理由はよくわからないけど、トーカちゃんがリンちゃんに小言を呈されているのを見るのも懐かしい。

末っ子のリンちゃんがそれでもお姉さんぶれるのがトーカちゃんだったからなぁ……。

肝心のトーカちゃんもリンちゃんに憧れていて、とっても仲のいい姉妹にしか見えなかったのを思い出した。

「さて、積もる話もあるかもしれないけど、とりあえずご飯にしましょ。今日の予定についても詰めなきゃいけないし」

「予定？」

「私がなんの理由もなく燈火を呼んだわけないでしょ」

リンちゃんはそう言うと、呆れたような表情でため息をついた。

「ナナねぇ、ＷＬＯの話ですよ」

「あ、なるほど。……トーカちゃんもやってるの？」

「やってるも何も、燈火もストリーマーだもの。WLOは私がやらせてるわ」

「リンちゃんがやらせてるんだ」

一緒にやっている、という表現じゃないのがポイントである。

「燈火は第一陣なんだけど私ほど時間を取れないから、確かまだ第四の街《フィーアス》辺りだったわよね」

「いえ、まだ大学が忙しくて、第三の街《トリリア》周辺の探索をしてます」

「あ、そしたら私とも近いねぇ」

私は第二の街《デュアリス》にいるから、街一つ分駆け抜ければ追い付ける位置にトーカちゃんはいるようだ。

「燈火、ナナとコラボしたくない？」

「したいです！」

「お昼までにデュアリス。出来るわね？」

「できます！　お隣借りますね！」

「いいわよ。十二時になる前に一旦戻ってきなさい」

「わかりました！　ナナねぇ、会って早々ですが失礼します」

二人の間で何らかの合意があったようで、トーカちゃんは嵐のように去っていった。

「行っちゃった」

突然の再会からの突然の別れ……というか、うん。

残された私はあまり働いていない頭を酷使することも無く、とりあえずテーブルについてバターロールにかぶりつくのだった。

「ナナ、バター取って」

「ほーい」

トーカちゃんの登場で若干バタついたものの、私とリンちゃんは朝ごはんを食べていた。

「トーカちゃん、ご飯食べなくて平気なのかな」

風のように来て去っていったトーカちゃんだったけど、それが少し心配だった。

ついでにリンちゃんはさっき、食事しながら今日の予定を立てるみたいなことを言ってた気がするんだけど、それも大丈夫なんだろうか。

「あの子は先に食べてから来てるわ。アレでなかなか食べる子だし」

「用意がいいなぁ」

「どの道あの子のペースで頑張っても、食べてからだと十二時までにデュアリスに到着するのは難しいわ。まあ、ナナっていう燃料が入ったから行けるかもしれないけど」

少しだけ渋い顔で、リンちゃんは呟いた。

「第三の街からデュアリスってそんなに遠いの？」

「普通に歩いて二時間、戦闘しながらだと三時間くらいかしら。行きはボスがいるからもうちょっと時間がかかるけど、帰りは今言ったくらいね」

「んー……余裕で間に合う時間だと思うけど」

時計を見れば、まだ九時にもなってない。リンちゃんが言った通りの所要時間なら、トーカちゃんがデュアリスにたどり着くのは難しくもなさそうだった。

私の言葉を聞いたリンちゃんは、そっと目を逸らしてこういった。

「ナナ、忘れたの？　……燈火はね、方向音痴なのよ」

「あっ……」

つまりはそういうことだった。

トーカちゃんの名誉のために言わせてもらえば、彼女は地図さえあれば目的地にたどり着くことくらいはできる。

通い慣れた学校までの道を間違えたりもしなかったし、今日だってこうしてこのマンションまでたどり着いたわけだし。

とはいえダンジョンなんてただでさえ道が枝分かれしている上、現代の街並みのようにランドマークがある訳でもないから、トーカちゃんはマップとにらめっこしながら牛歩のように進んでくることだろう。

お昼までに到着できるかどうかは未知数だった。

「ま、まあ、あの子も昔よりは地図が得意になってるから、なんとか間に合わせるでしょう」

ごほんと咳払いしてトーカちゃんの話を切り上げたリンちゃんは、バターだけが塗られたトーストにかじりついた。

「ん、美味し……で、ナナには午後から燈火と一緒にプレイして欲しいんだけど」

「いいよー。久しぶりだし、楽しみだなぁ」

「昼は一旦落ちてもらうとして、午前中は好きにしていいわよ。試したいこともあるでしょ？」

「うん。職業も取ったし、少し慣らしておきたいな」

私が選択した職業《童子》は、魔法技能の全てを捨てることで物理技能にステータスを特化させられる特殊職業だ。

昨日はそれを試すことなく落ちてしまったから、今日はまず新しい職業で変わったステータスを試したかった。

「そういえば、職業は何を選んだの？　昨日は聞けなかったものね」

「《童子》にしたよ」

「……うーん、そうよね。ナナなら使いこなせるでしょうし」

「その感じだと、やっぱりあまり選ぶ人はいないの？」

「範囲魔法に弱すぎるのよ。それに、普通の魔法が普通に痛すぎるから……利点の割に欠点が目立つのよね。悪い意味でピーキーって感じ」

リンちゃんの言うことは、あの職業の詳細を見れば誰もが思うことだろう。

彼女の言うとおり、確かに範囲魔法は脅威なのかもしれないけど、そもそも普通の魔法が超強力な攻撃に変わってしまう時点で大きな欠陥があるのだ。

私はリンちゃんが使っていた雷の魔法しか見たことはないけど、流石に本物の雷とまでは言わないまでもかなりの速度があったのを覚えている。

一対一ならどうとでも躱せるけど、複数人入り乱れてとなるとなかなか厄介そうではあった。

「一応、魔防に補正のかかる装備もあるから、そういうので補うのも手ではあるわ」

「そうだね。まあ、困ってから考えることにするよ」

「それがいいわ。ナナがやりたいようにやって、困ったら頼ってちょうだい」

そう言って微笑むリンちゃんに、私も笑顔を返す。

今日も一日、楽しくなりそうだった。

＊＊＊

十時過ぎ。ご飯を食べてから告知をしたり洗濯物を干したりと時間を潰して、昨日の宣言通りに私は配信を開始した。

「まだ三日目なんだけどねぇ」

もはや慣れ親しんだファンタジー世界の街並み。休日ということもあってか繁雑とした街の噴水広場で、私はぐっと背伸びをした。

『わこ』

『わこつ』

『わーい』

『おっすおっす』

「やー、いらっしゃい。ゆっくり楽しんでってくださいねー」

ぽつぽつと流れ出すコメントに、緩めの挨拶を送る。

それなりに気張っていたであろう昨日一昨日に比べれば、今日はよりニュートラルな気持ちで配信に臨めていた。

「今日はとりあえず職業を試しに行こうかなと。目標は魔の森……の手前のフィールドね」


『なるほど』

『魔の森には行かないの？』

『湿地の方に行くのかと思ってた』


「うん、午後から別の子と一緒にプレイすることになったんです。あ、リンちゃんとは別のね。ダンジョンに潜ると時間が合わなくなるかもしれないから午前中はお散歩しようかなって」

諸々流れるコメントからは、ダンジョンアタックを期待する声が結構あった。

私も元々はダンジョンに潜るつもり満々だったんだけど、せっかくトーカちゃんが頑張ってこの街に向かってくれてるのに、肝心の私がいないなんてあまりにも可哀想だ。

そうしてある程度方針を固めたところで、私は昨日入ってきた門とは逆側にある北門を目指して、デュアリスの街を歩き出した。

「ほぉ～、これが話に聞いた露店通りかぁ」

少し膨らんだように広がる道に、乱雑に敷き詰められた露店の数々を見て、私は思わず呟いた。

デュアリスの噴水広場から北門へと続く道の間には、〈露天通り〉と呼ばれる露店市がある。

ここにはいわゆるＮＰＣショップではない、正真正銘のプレイヤーショップが立ち並んでいるのだとか。

歩きながらお品書きを見てみると、どれもＮＰＣの品に毛が生えた程度の効果しかないようなアイテムばかり。

それもそのはずで、このデュアリスの露天通りに売り物を出しているのはほぼ全て生産初心者だからである。

「始まりの街では、生産職のチュートリアルはほとんどなくて、デュアリスまで来なきゃ生産スキルは手に入らないいんだってさ」


『ほーん』

『それはそれで不思議だ』

『ＶＲ慣れして欲しいとかかね』


私の拙い解説を聞いて、リスナーの中で小さな議論が始まった。

実際のところは分からないが、リンちゃんが言うには単純なプレイヤーの分散のためらしい。

確かに、何もかもが始まりの街にあったら街がパンクしてしまうもんね。

生産はボタンひとつではい完成ともいかないらしいし、何より場所も取るという。デュアリスにある共用工房は、それはもう大きな規模だそうだ。

そのうち行く機会もある……かもしれない。

何を買うわけでもなく、しかし露天の品物に興味をひかれながら門に向かって歩いていると、不意に下の方から声をかけられた。

「あのぅ……スクナさん、ですよねぇ……」

声はすれども姿は見えず……ということも無く、少し目線を下げてみれば可愛らしい白髪の幼女が眠そうな瞳で私を見ていた。

「そうですけど、どなた様？」

「わたしは〈はるる〉というものですぅ……配信、見させていただきましてぇ……ぜひお会いしたかったんですぅ……」

「それはどうも。あ、スクナです」

握手しようと伸ばした手は、小さな両手に包まれる。

突然の行動に驚いていると、はるると名乗った幼女プレイヤーが手を離した時には、私の右手はずっしりとした重さを伴っていた。

はるるが握手と共に私の手に預けたのは、分銅のような小さな鉄塊だった。

「わたしお手製の投擲アイテムですぅ……おゆずりしますねぇ……ぜひ、アナタに使ってほしくてぇ……」

「ほぅ。いや、でもタダで貰う訳には」

「今はタダでいいんですぅ……わたしは一日中、この露天通りにいますからぁ……気に入ったら、わたしを訪ねてくださるとうれしいですぅ……」

眠そうな瞳のまま、はるると名乗った幼女はそう言い残して人混みに姿を消した。

さすがの私もあの小さな幼女をこの人混みから見つけ出すのは難しい。

「いや、あの……えぇ……」

どうしたものかと立ち尽くしていた私は、とりあえずズボンのポケットに分銅をしまうのだった。

そもそも。

フレンドですらない、メールも送ったことがない全くの他人に無理やりアイテムを譲渡することは出来るのか。

その答えは「不可能」だ。このゲームにおけるアイテムの譲渡は、契約によって強制される場合を除いては双方の合意によって成立することになっている。

これはそんなに難しい話じゃなくて、「○○さんから□□というアイテムを受け取りますか？」「YES　or　NO」というやり取りを経て初めて成り立つってこと。

だから、本来ならあんな風に押し付けられるようにしてアイテムを譲り受けることはできない、のだけど。

ちょっとした抜け道を使えば、この分銅くらいのアイテムならば物理的に受け渡す方法はあったりするみたい。

それは、アイテムの所有権を放棄すること。

あのはるるというプレイヤーは、一度完全に自分のものではなくなったアイテムを拾って渡しただけ。

つまり今この分銅は、そこら辺に落ちている石ころと同じ扱いなのだ。

現に今、私の前には「《分銅【小】》をインベントリに収納しますか？」というシステムアナウンスが出ている。

結局のところ、最終的には私が受け取るっていうアクションを起こさない限りはこれは未所有の武器でしかなく、放置すれば耐久消費でいずれは消滅するか、誰かに拾われるだけだろう。

それはそれでもったいない気がして、悩んだ末にＹＥＳを押せば、ポケットの中に入っていた分銅はインベントリへと移る。

これで、今の分銅が完全な野良アイテムであったことが証明されてしまった。

「なんだったんだろうね……」


『幼女に押し負けてて笑う』

『それ寸銅？』

『→それは鍋』

『幼女の体型としては間違ってないのでは』

『分銅だろ……』

「ま、貰ったものは使ってみればいいか。そろそろ身体が疼《うず》いてるんでフィールド行こう」

ほとんどは自分の好奇心のせいとはいえ、露天通りを眺めるのに想像以上に時間を使ってしまった。怯えを孕んだコメント欄の反応に苦笑しつつ、私は少し早足で北門をくぐるのだった。

＊＊＊

始まりの街では南門側が最難関のフィールドとして君臨していたものの、行き止まりのないこの街では素直に北が一番の難関となっている。

第三の街へと続くダンジョン、魔の森。その前座として待ち構える草原は、私の想像を遥かに超える悪路だった。

まず、ススキみたいな背の高い草が所々にあって、その上足元に落とし穴……というよりは塹壕的な隠れ場が掘られていたりする。

草の陰に隠れたモンスターを警戒していたら足元の穴に引っかかったりだとか、足元に気をつけてたら隠れていたモンスターに気づかなかったとか。

結構な頻度で大きめの石が落ちてたりだとか。

要は常にモンスターに隠密ボーナスがついてるような、なかなかにいやらしいフィールドだった。

「ギャアッ」

「よっと。うーん、悪路メインなせいか敵のレベルがいまいちだなぁ」

不意打ちのつもりか後ろから狙いに来たゴブリンの頭蓋を金棒でたたき割ると、ＨＰが尽きてあっけなく消えていく。

悪路をゆったり進みながら、私は新職業の慣らし運転をしていた。

上位種でもないゴブリンなんて、正直もう敵じゃない。

そもそもが前のダンジョンのモブだしね。地形がどうあれ体勢が崩されてても余裕で対処できちゃう相手だ。

速くて柔かったウルフに対して、ゴブリンは敏捷、頑丈ともに並といっていい程度。

武器を持っている個体が多いのとヒト型であることを除けば、むしろウルフより相手取りやすいくらいなのだ。

ヒト型であるというのも私にとっては急所がわかりやすくて助かるんだけど、どうしてもヒト型のモンスターに攻撃できないって人もいるから、そういう意味では厄介なんだとは思う。

虫も爬虫類もかわいい動物も全部まとめてモンスターのこの世界で、いまさらヒト型に攻撃がどうこう言っても仕方ないと思うんだけどね。

ちなみにゴブリンのレアドロップである《ボロの◯◯》シリーズの武器は、ＮＰＣショップに持ち込んで修理することで初心者装備に生まれ変わるらしい。

デュアリスまで来て今更初心者装備、コレクターなら喜ぶのかな？

ちなみに売ると５００イリス。こちらはぼちぼちの値段だろう。

あ、ゴブリンアーチャーが遠くの岩陰から狙ってる。

「うりゃっ！」

私が今それなりに真面目なモーションで投げたのは、先程受け取った分銅だ。

見た目は普通の秤に乗せるタイプの分銅なんだけど、どういう原理なのかテニスボールほどの大きさなのに結構重たい。推定二キロはありそうな感じ。

シンプルなピッチングスタイルで放られた分銅は、私が思い描いた通りの軌道で飛んでいくと、そのままゴブリンの首をへし折った。

「ナイッシュー」

三十メートルほど離れた標的が砕け散って消えるのを見て、中々の爽快感に拳を握る。

ゴブリンアーチャーはかなり遠距離から狙ってくる代わりに耐久も攻撃力も低めだ。

もしホブゴブリンだったなら、多分今の一撃では倒せなかったと思う。

『ひぇっ』

『何を殺ったんですかね』

『空き缶をゴミ箱に放り込む感覚で狙撃するな』

「空き缶捨てるのにこんなに真面目な投げ方しないって」

今どきあまり見かけなくなったけど、昔はそこらの公園に缶のゴミを捨てるためのよくわからない金属のカゴがあったよね。

そんな風に過去の記憶を思い出してしみじみしていると、リスナーからは『違う、そうじゃない』というコメントが山のように飛んできた。なんでさ。

「それにしてもこの分銅、ナイフより投げやすくていいなぁ」

言うまでもないことだけど、棒状の物を投げるよりボール状の物の方が投げやすい。

特に投げナイフなんかは真っ直ぐに投げないとまともなダメージを期待するのは難しいしね。

その点、ただ重く硬いだけの分銅は、勢いをつけてぶつけるだけでそこそこダメージが期待できる。

モーションもシンプルなピッチングスタイルで十分だし、重さがあるから石ころより安定した飛び方をしてくれるとなれば、いちいちナイフを投げるよりも楽なのだ。

欠点は、私の装備しているベルトではこれをホルダーすることができないってところ。

あのはるるとか言う幼女の所に行けばそういう装備もあるのかな……？

そんな風に分銅を試しながらゴブリンやらウサギやらを屠ることしばらく。

「おー、これが魔の森じゃない？」

私は無事に、森というには木漏れ日豊かなダンジョンの前にたどり着いた。

一応どこからでも入れそうだけど、少しだけ整備された入口のような場所もあるようだ。なんか小屋立ってるし。

『ダンジョンいくの？』

『小屋ァ！』

『スクナたそ絶対殺すダンジョンってマ？』

『→うーん……』

『あ、相性を見れば……』

『追尾しない限り当たらなさそう』


「私も間近で見た魔法はリンちゃんのだけだしなんともね。とりあえず小屋だけ覗いて帰ろっか。十二時には一旦落ちなきゃいけないから」

リスナーの信頼の厚さを感じつつ、チラホラとプレイヤーが集まっている小屋へと向かう。

いざ近くによってみると、思ったよりも大きな建物で。

小屋というよりは茶屋のような、いわゆる休憩ポイントとでも呼ぶべき場所だった。

「すいません、ここって何をする場所ですか？」

「ん？　ああ、まあざっくり言えばセーブポイントっすね……って君、昨日の」

面倒を省くために、この場所について片手剣を背負った青年に尋ねてみると、どうにも私と会ったことがありそうな反応で。

記憶を捻り出すこと五秒間、私も彼の顔を思い出した。

そう、彼こそは私に職業登録所の場所を教えてくれた片手剣士の青年だったのだ。

「……あぁ！　道を教えてくれたお兄さん。昨日はありがとうございました。おひとりですか？」

「いや、フレンドがいるっす。今ちょうど買い物中かな……っと失礼したっす、僕はシューヤっす」

「私はスクナです。あ、配信中なんですけど大丈夫でした？」

「ああ、結構配信者のフレンドいるんでオッケっす。……ってスクナ？　君の名前がスクナなんすか？」

「そうですけど……」

片手剣士の青年改めシューヤさんは、どうも私の名前を先に知っていたらしい。

しかしこの反応は直接配信を見たわけではなさそうで、ついでに言うならその話を又聞きしていたようでもなくて。

なにか腑に落ちた、とでも言いたげな顔だった。

「ちょっと待ってて、フレンドを呼んでくるっす」

「あ、はい」

シューヤさんはそのまま、茶屋の二階（があったらしい）に居ると思われるフレンドを呼びに行ってしまった。

「なんだろうね」


『これはリスナー』

『リスナーカナー』

『カナー』

『カナー？』

『金槌』

「金槌とは」

アリアとの戦いの配信で名前が売れたとはいえ、知らない人に知られているというのは不思議な気持ちだなぁ。

そんなことを考えつつ若干手持ち無沙汰になった私は、彼のいない間、コメントと戯れて待つことにするのだった。

シューヤさんを待つこと一分少々。

彼が連れてきたのは、彼よりもはるかに身長の高い女性プレイヤーだった。

訝しげな表情で現れたと思うと、私の顔を見てぱぁっと表情を綻ばせた彼女の仕草に、私はなんとなく彼女の正体がわかったような気がした。

「ナナ姉様！」

「はいストップ。プレイヤーネームは？」

「トーカです！」

「ネチケットぉー……うん、やっぱりトーカちゃんだったね」

今にも飛びついてきそうな女性プレイヤーは、案の定トーカちゃんだった。

今朝も思ったけど、本当に身長が高い。一応アバターの身長は自由に変えられるんだけど、余程VR慣れしていない限りまずバランスが保てないから、プレイヤーはリアルの身長をそのまま使っていることがほとんどだ。

だから、トーカちゃんくらいかけ離れた身長をしてれば立派な特徴になる。

それでも顔立ちは結構変えているようで、特にリアルでの金髪碧眼が黒髪赤目という特徴的なものに変わっていた。

種族は……普通の人族だろうか。


『だれ』

『かわいい』

『黒髪ロングだぁ』

『背ぇたっか！』


「あ、この子が午後から一緒にプレイするトーカちゃん。かわいいでしょ～」

「かわっ……！　んんっ、トーカです。よろしくお願いしますね」

清楚な雰囲気漂う女の子の登場に、コメント欄が賑わっていく。

その中にはトーカちゃんの事を知ってるようなコメントもあって、そう言えば彼女も配信をやっていたんだったなというのを思い出した。

「やっぱり君がトーカちゃんの探してた人だったんすね」

合っててよかったと言いながら、シューヤさんは茶屋の椅子に腰掛けた。

私の方こそ、シューヤさんとトーカちゃんが知り合いだったことにびっくりなんだけど。

「彼は道案内兼護衛として雇ったんです。恥ずかしながら、私は方向音痴なので……」

「そっかー。こういうのを合縁奇縁《あいえんきえん》とか言うのかなぁ」

「そっすね。ま、とにかく会えたみたいで何よりっす」

余程気を抜いているのか、彼は欠伸をしながらそう言った。

仮にもダンジョンをひとつ踏破してきたとは思えない程にリラックスしたその姿は、多少なりとも疲れが見えるトーカちゃんに比べると明らかに余裕が見て取れた。

「で、どうします？　一応デュアリスまでは付いてくって話だったっすけど」

「姉様がよければ、私としては姉様に一緒に来て欲しいです……」

身長差があるので昔のように服の裾を掴んで……とは行かないものの、控えめにお願いしてくるトーカちゃん。

私としても別に断る理由はないので、快く承諾した。

「私はいいよ？」

「んじゃ決まりっすね。僕の仕事はここまでってことで」

大して休めてもいないだろうに、シューヤさんはぴょんと立ち上がって体を伸ばす。

後ろ手に軽く手を振りながら再び森の方へと歩いていくシューヤさんは、なにかを思い立ったのか立ち止まり、振り向いて一言だけ残していった。

「あぁ、そうだスクナちゃん。気が向いたら《円卓》の本部に来てくれっす。次会う時は、本気で歓迎するっすよ」

「クラン《円卓の騎士》は、剣士プレイヤーしか入団できない攻略クランです。クラン内で月一回入れ替え戦を行って、勝率が高いプレイヤーが《円卓》として選ばれます。その数はリーダーを除いて十一人で、シューヤさんは三位の実力者なんです」

デュアリスに帰る道すがら、私はシューヤさんが言っていた《円卓》とやらの意味をトーカちゃんから聞いていた。

「ふーん……道理で余裕があったわけだね。あれ、でも元ネタの円卓の騎士って剣士以外もいたよね？」

「あはは、そこはそういうものだとしか言えませんね。大事なのは雰囲気ですよ」

「それもそっか」

ちょっと気になったことを聞いてはみたものの、私も円卓の騎士が出てくるという元ネタに詳しいわけではないので、藪《やぶ》をつつくのはやめにした。

「でも、話を聞く限りそこそこ有名なプレイヤーっぽいね」

「あ、それはないですよ。あの人は確かに強いんですけどいつもフラフラと旅をしているので、知名度は低いんです」

「そういえば初めて会った時もデュアリスにいたよ。私のリスナーが彼を知らなかったのはそういうことかぁ」

「ですです。……あ、スク姉様、右前方の岩陰です」

「ほーい。こんなもんか……なっと！」

トーカちゃんの指し示す岩を確認した私は、使い慣れてきた分銅を空高く放り投げた。

高い山を描くように飛んで行った分銅は、そのまま岩陰に隠れた何かに衝突し、私の元には今の戦闘……と言うよりは狙撃？　のリザルトが届いた。

「姉様の投擲、昔から衰え知らずですよね」

「そう？」

「はい、むしろ磨きがかかってるというか、これこそスク姉様というか！」

「そ、そっか」

キラキラとした瞳で私を見てくるトーカちゃんの圧力に押されつつ、何かしらを粉砕してそのまま地に埋まった分銅を拾っておく。

トーカちゃんはああ言うけど、動かない的に当てるだけなら極端に難しいって訳でもないと思う。

ゴールがそこにあるんだから、どんな形であれそこに当たるような軌道で投げればいいのだ。

その軌道が直線だろうと曲線だろうと、着弾までの時間が変わるだけだからね。

「いつ聞いてもその考え方はおかしいと思います」

「そ、そんな真顔で言わなくても……」

『いや、おかしい』

『おかしい』

『間違ってはないけど実践できにゃい』

『当たるという事象が先にあるみたいなこと言ってるぞこの鬼娘』

トーカちゃんが言い出した話題なのに、予想外に全方面から非難が飛んでくる。

「い、いやでも動かない的限定の話であって、動く相手とかには当たらないことも偶にあるし……」

「たまに」

『たまに』

『たまにかぁ……』

『たまに』

『あえて偶にって言葉を挟む辺り外した記憶がほとんどない説』

そんなことないよ！　百回に一回くらいは外れるもん！

……うん、偶にだな！

「ちなみに私はリン姉様に煽られたスク姉様が、バスケットボールを反対のゴールから十連続決めてるところ見たことがありますよ」

『じゅうれんぞく』

『超次元バスケットボールにありがち』

『バヌケ』

『モノホンの鬼かな？』

『VRでもムリです』


「ごふっ」

頑張って弁明しようと試みたものの、まさかの裏切りにより私の言い訳は殺された。

私のリスナーからのコメントが突き刺さるんですけど。

ちなみにトーカちゃんが言ったのは中学一年の頃の話で、運動不足を解消するために私設の体育施設を作ってみたというリンちゃんに乗せられてやったやつだ。

なおリンちゃんは三日で運動を挫折して、しばらくしてから体育館は民間に開放されていたと思う。

「さ、さー気を取り直して行こかー」

「うふふ、それもそうですね」

あからさまな話題転換だったけど、トーカちゃんはこれ以上私をつつくことなく付いてきてくれた。

デュアリスまでの道中も半ばを過ぎて、ここまで消耗らしい消耗もしていない。

行き以上に安定して進めている理由は、重にトーカちゃんのスキル構成にあった。

「それにしても、トーカちゃんの索敵範囲って広いよねぇ」

「そうですね、私はほぼサポート特化にしてますから、戦闘特化のスク姉様に比べると《探知》スキルの範囲は広いんだと思います」

そう、トーカちゃんのスキル構成は相当特殊で、なんと攻撃用のスキルを持っていないらしい。

詳しい構成はまだ聞いていないけれど、基本的にはヒーラー型のスキル構成にしているとか。

それに加えて索敵系のスキルを持ち、サポートに徹するというスタイルなのだそうだ。

必要な時にしか使わない私のと違ってトーカちゃんは常に索敵役を担っているそうだから、熟練度には大きな開きがあるのだろう。

敵の多くが潜伏しているこのフィールドでは、私の索敵に引っかかるよりも遥かに早く、トーカちゃんが敵を見つけてくれるシーンが多発していた。

「でも、結局私は一人では何もできませんから」

そう言ったトーカちゃんは、言葉とは裏腹に卑屈さなど全く感じさせない力強い瞳を浮かべていた。

サポーターとしての自信。あるいは楽しみ。レベルはまだ高くなくとも、プレイスタイルに後悔などないという強い意志を感じられる。

そんな姿を見て、小さい頃の弱々しくて甘えん坊だったトーカちゃんの事しか知らない私は、少しだけグッとくるものがあったりした。

と、そんなやり取りをしながらデュアリスへと向かっていると、ピロンという電子音と共にメールの着信を知らせるメッセージが現れた。

差出人は『子猫丸』。これはつまり、そういうことなのだろう。

「トーカちゃん」

「はい、なんでしょう？」

「午後なんだけど、一緒に探索に行く前にひとつ用事が入りそうなんだ。付き合ってもらっちゃっていいかな？」

「もちろんです」

「ありがと。退屈はさせないと思うからさ」

トーカちゃんに許可をとり、子猫丸さんからのメールに素早く返事を飛ばした。

明日以降になると思っていたけど、本当に仕事が早い。

デュアリスへ向かう道で。

抑えられない胸のドキドキを鎮めるように、私はパワー三割増しでモンスターを撲殺していくのだった。

リンちゃんにトーカちゃんと合流した旨をメールすると、昼は戻らなくてもいいとの連絡が帰ってきた。

トーカちゃんがきちんと着けるかどうか不安だったから進捗を確認したかっただけで、無事に会えてるならわざわざ配信の中断をする必要も無いとのこと。

ただ、それとは別の理由で私は配信を中断しなければならなくなってしまった。

「再開は二時頃になるので、もし暇ならまた見に来てねー」

「スク姉様と一緒にお待ちしてます」

『おつー』

『おつ』

『おつ』

『乙カレー』


一通りコメントが流れ終えたタイミングで配信を切る。それに合わせて、録画用の水晶がパリンと音を立てて割れた。

これまではログアウトと同時に配信切ってたから知らなかったけど、これこういう風に消えるものなんだ……。


「ふぅ……」

「お疲れ様です」

「いやいや、トリリアから来たトーカちゃんの方が疲れてるでしょ？」

「私は茶屋で少し休んでましたから」

そう言えばそうだった。

「でも、なんで配信を中断したんですか？　新装備のお披露目って、配信的には美味しいんじゃ？」

トーカちゃんの疑問はもっともで、私自身、もったいないと思う部分ではあるんだけど、これは子猫丸さんからの忠告なのだ。

「配信しない方がいい、って」

「へぇ……製作者としても知名度を上げるチャンスですから、それをふいにしてでも隠した方がいい機能が付いてるんでしょうか」

「どうだろうねぇ」

私が討伐したネームドからの初討伐報酬である《孤高の赤狼・アリアの魂》。

この《魂》というアイテムは、いわばネームドボスモンスターの激レアドロップに相当するアイテムだが、初討伐時に限り確定でドロップする。

とりわけ私が倒したアリアはソロのプレイヤーのみが挑めるソロネームドだったので、その報酬は全て私に入っている。

その全てを子猫丸さんに預けた上で、防具一式を作って貰っているというのが今の状況だ。

「まあ、とりあえず行ってみるしかないね。デュアリスの工房にいるって言ってたから、そこに行ってみよう」

「わかりました！」

＊＊＊

「やあ、よく来てくれたね」

デュアリスにあるという工房、そこで子猫丸さんは笑顔で出迎えてくれた。

子猫丸さんはクラン《竜の牙》《ドラゴンファング》の一員である。

その規模自体は私の知るところではないが、少なくとも各町に支部を置いて、プレイヤーの進捗別に使える施設があるくらいには大きなクランらしい。

私たちが訪ねたここもまた生産職プレイヤー向けの施設であり、何人ものプレイヤーが同時に生産を行えるほどの規模があった。

「まあ、僕の生産は鍛冶程には場所を取らないいんだけどね」

そう言った子猫丸さんが案内してくれたのは、装備の引き渡しのための部屋だった。

「それにしても、トーカ君まで来てくれるとは思わなかったな」

「あれ、トーカちゃん知り合いなの？」

「いえ、違います」

「ああ、ほら、トーカ君も配信プレイヤーだろう？　僕が一方的に知ってるというだけの話さ」

「なるほど」

感慨深そうな表情でしみじみと語る子猫丸さんに、私は素直に納得した。

トーカちゃんもまた、不特定多数に知られる立場なのだ。

「さ、無駄話はこのくらいにしよう。まずは装備の全体像を見てもらおうかな」

子猫丸さんがそう言ってメニューカードを操作すると、いかにもといった大布に包まれた何かが現れた。

「僕が作った装備の中でも間違いなく傑作だと言い切れる。これが孤高の赤狼の素材から作り上げた《赤狼装束《せきろうしょうぞく》・独奏《かなで》》だ！」

バサッと音を立てて引き剥がされた布の下にあったのは、マネキンとそれに纏わされた一式の装備だった。

一日で思った印象を上げるのならば、和装だろうか。

それも静々とした着物のソレではなく、陰陽師とか、そんなイメージのやつだ。

とはいえ、身軽さを重視してか、全身を包み込むような重苦しさは一切ない。

全体的に地色は黒。黒いインナーが下地にあって、その上に被せるようにして緋色、つまりアリアの素材を利用した着物が乗せてあるような印象だろうか。

袖は袂をばっさりと断ち、動作の邪魔にならないようにされている。

上は何というか、真ん中に穴をあけたような一枚の布。それが緩やかに垂れ下がり、体の前後を覆っている。下は袴を思いっきり短くしたようなミニスカート風といった感じ。これも、動きやすさを考えてのことだろう。

服自体があえて上下を分けた構造のようで、それらがお腹のあたりできっちり結び留められていた。

足は緋色の足袋に黒の草履。ただしきちんと足に固定されるようにかかと側にも紐による補強がついていて、使っていて脱げるようなことはなさそうだった。

手には一応、グローブがついている。ただし、ガントレットのように装甲はついていない、手袋くらい薄手のものだ。

最後に、中心に月色の宝玉が埋め込まれた、椿の髪飾り。アリアの瞳を思わせる宝玉と、緋色の金属で作られた椿の花がとても美しくマッチしていた。

「すごい……カッコイイ」

「そう言ってもらえて嬉しいよ。本当は鎧を作るつもりだったんだけどね、妻と相談してこういう形にさせてもらったんだ」

思わず零した言葉に、子猫丸さんは嬉しそうに反応した。

そうだ、確かに子猫丸さんは軽鎧を作る防具職人だったはず。これはどちらかと言えば布の装備と言うべきものだろう。

とはいえ、ある程度はシステムに則って作られるのだから、そこら辺は革で作った防具としてひとくくりにされてしまうのかもしれない。

「元より錆色に近い赤だったから、思ったよりもシックな装いに落ち着いたよ。インナーに使っている黒い布や繊維は第五の街《グリフィス》の周辺に出現する《ダークウルフ》というモンスターのものでね。赤狼アリアのものと比べると格は落ちるが、実によく馴染んでくれた」

子猫丸さんは満足そうにそう言ってメニューカードを弄ると、使用素材の証明書と装備、それから余った素材を送ってきた。

私はざっと目を通して、使用数と余りの数字に差異がないことを確認した。

「そしたら、どの素材をお譲りするかを……」

「ああ、それは後でいいから。まずは装備してみてくれないだろうか？　その為に作った装備なんだ」

「あ、はい」

彼の言葉には逆らえない圧力があった。

インベントリから渡された装備を選択し、装備する。

着たことのない鎧なんかをボタンひとつで装備できるのは、本当にありがたいシステムだと思う。

鉄板装備と鎖帷子の代わりに、赤狼装束が私の体を包んでいく。

纏った時にまず感じたのは、装備の羽のような軽さだった。

鉄板装備も、基本的には革の装備を補強する形で鉄板を用いた物でしかなかったから、それなりに軽い装備ではあった。

それでも、下手をすれば最初に装備していた麻の服やズボンと比べてなお、赤狼装束は「軽い」。

ちなみにサイズはプレイヤー依存のようで、私のアバターの通りにきっちりとサイジングされていた。

「うん、とてもよく似合っている。君のために作った専用装備とはいえ、ここまでしっくりくるとはね」

「はい、とっても素敵です！」

「そ、そう？　こういう格好ってした事ないから、何だかふわふわするよ」

二人から手放しに賞賛されて、私は頬をかいてしまう。

今も昔も動きやすさを重視して、あまりビジュアルを考えたことはなかったから。

ちなみにリンちゃんもどちらかというと私寄りだけど、そもそもリンちゃんは自分で服を買ったりしない。

基本的に全てオーダーメイドである。

逆にトーカちゃんは普通にオシャレな子だ。お小遣いの範囲でオシャレをしてる。お小遣いの額は目玉が飛び出るほどだけどね。

「それにしても、この髪飾りはどんな素材で作ったんですか？」

色んな角度から見たいというトーカちゃんの要望に応えてくるくると装備を見せびらかしていると、ふとした拍子にトーカちゃんが尋ねた。

確かに、この椿の髪飾りに関しては、色々な意味で他の装備にはないものが含まれている。

アリアの素材に金属はなかったし、宝玉らしいものもなかった。頭装備用に用意したにしても、緋色の金属なんて見たこともないたこともない。

「それに関してはちょっと特殊な事情があるんだが……装備の名前を見てもらってもいいかな」

《赤狼装束・独奏》。先ほど装備した時に気付いていたけど、実はこの装備は二つの部位に分かれている。

首より下の名前が《赤狼装束》、そして髪飾りの名前が《月椿《つばき》の独奏《かなで》》。

つまり子猫丸さんが呼んだ装備の名前は、ここから取っているのだ。

「実はね、その髪飾りは、《孤高の赤狼・アリアの魂》を素材に選択した時、自然と作られた装備なんだ」

子猫丸さんいわく。

最初は鉢金の様な頭装備もきちんと作っていたらしい。

さらに、装備としての汎用性を代償にすることで性能を引き上げる、《一式製作》の機能も使っていたんだとか。

《一式製作》というのは、五部位全ての装備を一式という形でセット装備にすることで、装備の性能を底上げする方法。

メリットは装備をより強い形で作れることだが、反面デメリットとして「一度に大量の素材が必要である」ことと、「装備の付け外しが一式単位になる」というものがある。

つまり少しずつ作って装備を組み合わせていくような割り作業が出来ない上に、一部位ずつの付け外しができないため、汎用性に欠けるというわけだ。

が、いざ《魂》を素材に組み込んで生産してみると、完成品として現れたのは《赤狼装束》と《月椿の独奏》の二つに分かれた装備だった。

《赤狼装束》の方は「四点一式」のセット装備に、そして《月椿の独奏》は別途付け替えのできる装備として誕生したとのこと。

「個人的には、アリアの素材を利用して作った《赤狼装束》よりも、髪飾りの方に《魂》が宿ったんだと思っているよ。その緋色の金は《ヒヒイロカネ》と言う伝説上の金属で出来ていてね。当然ながらそれの手に入れ方は分からないし、現状ではＮＰＣの話に出てくるだけのアイテムだ。スクナくんのアクセサリーに使われているオリハルコンのようにね」

彼の指で指し示されたのは、《名持ち単独討伐者の証》。そう言えばこれオリハルコン製だって書いてあったかも。

確か、神から授かるのがどうとかこうとか。これ自体が私を助けてくれたことはないから忘れてたけど、実は相当頑丈なのかもしれない。

「まあ、《魂》を利用した生産に関しては前例が三つしかないうえに、その内のひとつはそもそも誰が作ったのかわからない。実質二例しかないものに関して悩むのもね」

「確かにそうですね。というか、誰が作ったのかわからないっていうのは……？」

「持ち主はハッキリしてるんだよ。ただ、作り手が不明なんだ。そのプレイヤーも神出鬼没だしね」

その返答は納得のいくものだったけど、私はなんとなく、子猫丸さんが言葉を濁しているような気がした。

ともかく、トーカちゃんの疑問への答えは出た。

次は、いよいよ性能を確認する番である。

ワクワクを抑えることなく、私はメニュー画面から装備の詳細画面を呼び出した。

――

《赤狼装束》

四点一式

レア度：ネームド・ＰＭ

防御力：＋50

敏捷：＋50

要求筋力値：5
ネームドスキル：《狼王疾駆《ろうおうしっく》》
孤高の赤狼・アリアの素材から作られた戦装束。
装備者に軽やかなる速さを与え、赤狼のその速さは衰えることを知らず。
赤狼は常に待っている。己を倒しうる強者を。
※この装備はロストしない。耐久度がなくなった場合《破損待機状態》となる。
※ネームドスキルは装備に付与される特異なスキルです。装備者のスキル枠に拘わらず、その恩恵を受けることができます。

《月椿《つばき》の独奏《かなで》》
頭装備
レア度：ネームド・PM
ネームドスキル：《赤狼《せきろう》の独奏歌《アリア》》
赤狼の魂が宿りし髪飾り。
緋色の花弁は月に嗤い、終わりなき歌を奏でよう。
※この装備はロストしない。耐久度がなくなった場合《破損待機状態》となる。
※ネームドスキルは装備に付与される特異なスキルです。装備者のスキル枠に拘わらず、その恩

恵を受けることができます。

――

「おぉう……」

私はその性能を見て、思わず天を仰いだ。

何から突っ込むべきだろうか。上から順に突っ込んでいこうか。

四点一式というのは、聞いていた通りだから特に言うことも無いか。着ける時は一式。外す時も同じく。

レア度：ネームド・PMに関しても特に言うことはない。

これは純粋に、ネームド素材のみならず《魂》を利用した生産武具であるということの証明でしかないからだ。

問題は防具性能である。

私がこれまで装備していた鉄板装備＋αの組み合わせは、実のところ防御力のほとんどを鎖帷子が占めていた。

合わせて防御力が＋20。

ガントレットとグリーブが器用と敏捷に僅かながらの補正を加えてくれていたが、1レベル分にも満たないわずかな上昇量なのでこれはあまり関係ない。

さて、《赤狼装束・独奏》の防御力はと言えば。

一式で+50。繰り返そう。+50である。

つまり、一切の金属使用無しでこれまでの二倍以上の防御力を誇る装備なのだ。

この時点で割と意味がわからないが、敏捷+50というのも意味がわからなさすぎる。

これはざっと、レベル10分のボーナスステータスポイントとトントンの数値だ。

純粋なレベルアップによる数値で言えば《鬼人族》でも四十弱、人族なら50レベル分だ。文字通り桁違いすぎる上昇量である。

「どうかな。僕もレア度：ネームドの防具を作ったのは初めてだったから、その性能には驚いたよ。というより、そもそもこれまでのネームド討伐者はみんな武器を作ったからね。防具にした時どんな性能になるのかは未知数だったんだ」

想像を超えていた。

それは私だけではなく、子猫丸さんも同様だったらしい。

生産職でもない私のチンケな想像はさておき、装備生産者としてプレイしている子猫丸さんがそう言うのだから、私の感覚も間違ってはいないのだろう。

「これ、実際にはどのくらいやばい装備ですか？」

「最前線のプレイヤーがオーダーメイドで装備を整えれば、君と同じ軽戦士でも60を越える装備はある。ただ、その数値の敏捷補正を持つ装備は見たことがない。しかも、ネームドスキルなる能力まで併せ持っている」

「あっ……スキルはまだ確認してないや」

「スキルをタップすれば詳細が見られるよ」

――

《狼王疾駆》
ネームドスキル
赤狼の遺志を継ぎし者、その歩みを止められる者はいない。
・敏捷低下に対する耐性（特大）を獲得。
※このスキルは常に効果を発揮する。

――


「敏捷低下耐性か……」

「デバフ系の敵への対策にはなりますね」

「耐性を持った装備が総じて抑え目の性能になりがちなのを考えると悪くは無いと思うよ。とはいえ、敏捷低下のデバフをかけてくる敵は多くはないが……」

それはそうだろうと私は思った。

リンちゃんと一緒にやっていた古きよきＲＰＧなんかでも、バフデバフの基本は攻撃と防御だ。

その上で戦略上組み込むかどうかというのがすばやさに関するバフなのであって、重要度で言えば低い方だ。

それに大抵の場合、下がった能力は上げることで相殺出来てしまうし。

まあ、それでも機動力が必要な私にとってはありがたい耐性であることに変わりはないんだけどね。

「とはいえ、高い防御、壊れ級の敏捷補正に加えて耐性付きと隙のない構成だ。君のお眼鏡にかなうくらいの品は作れたのではないかと自負しているよ」

「はい！　見た目も素敵ですし、何より敏捷に補正が入るのがいいですね！」

「喜んでもらえて嬉しいよ。ちなみに布系装備の基本的な性質として火属性と斬突属性に弱く、水属性と打撃属性に強いというものがある。どうやらロストしない装備のようだけど、防具にも耐久値は設定されているから気をつけてくれ」

「そんな設定もあるんですね……」

子猫丸さんの言う耐性とは耐久値に関する耐性のことのようだ。布だから燃えるのに弱くて濡れるのには強い、そんなイメージかな。

赤狼装束も髪飾りも共にロスト、つまり消滅はしないみたいだけど、壊れてしまうことはあるのかもしれない。

後で聞いた話だけど、防具は武器と違ってロストしても消滅はしないらしい。突然インナー姿にされたら問題だからだそうだ。

その代わり、防具としての全ての性能を失ってログアウト後に消滅するんだとか。変なところで凝った仕様だよね。

和気あいあいと赤狼装束の使い道について話していると、子猫丸さんが口を開いた。

「スクナ君、もうひとつの装備も見てごらん。こう言ってはなんだが、本命はそっちなんだ」

「あ、はい」

そう言った子猫丸さんは少しだけ顔を顰めていた。

話を聞く限り、本来作った装備を上書きして誕生したみたいだし、複雑な気持ちではあるのかもしれない。

赤狼装束の項目から戻って、月椿の独奏の説明からネームドスキルを選択する。

――

《赤狼の独奏歌》

ネームドスキル

赤狼の魂より受け継ぎし無尽蔵のスタミナ。

戦場で舞い踊れ、月が隠れ椿の花が落ちる前に。

・装備者のデスペナルティを二倍にし、ＳＰ消費を半減する。

※このスキルは常に効果を発揮する。

――

「…………………？」

思考が、止まった。

ＷＬＯにおいて、ＳＰという物は重要なファクターである。

ともすれば前衛戦闘職が抱える最大のアキレス腱と言ってもいいだろう。

歩く、という行為に関してＳＰが消耗されることはないが、戦闘中の攻撃及び回避、アーツの使用など、多くの場面でＳＰは消費される。

ＭＰと違う点を上げるならば、その回復にはそれほど時間を要しないという点だろう。

回復するにはある程度立ち止まる必要があるが、戦闘中も上手に立ち回ればＳＰ切れに陥ることはあまりないし、パーティを組んでいるならば役割分担で回復してもいい。

ただし、大型のボス戦などのアーツを連発することを余儀なくされる戦闘においては話が変わる。

攻撃の範囲が広ければ回避するだけで大きくＳＰを奪い取られ、アーツの使用が避けられないシーンもある。

とりわけアーツはＳＰの消費が大きいため、高火力の必殺技などを繰り出そうと思えばほとんど背水の陣で突っ込む必要さえあるのだ。

スクナが赤狼と戦った時何より苦しめられたのはその速度ではなく、無尽蔵のスタミナから繰り出されるとめどない連続攻撃だった。

そう、純粋な物理属性である赤狼アリアが何よりも強力だとされる所以は、攻めに転じるとＳＰが足りなくなる圧倒的な休息時間のなさにある。

攻撃に合わせてカウンターをできる、そんな一部の例外プレイヤーを除き、基本的には攻撃を回避して、その隙に距離を詰めて攻撃するのが赤狼アリアとの基本戦法だ。

しかしその戦法を取った場合、縦横に駆け巡る赤狼を捌くのにもＳＰを取られ、攻撃をしに行くためのＳＰを取られ、攻撃自体にＳＰを取られと三重で削られる。

結果ＳＰが足りず、ジリ貧になって負ける。それが赤狼にやられたプレイヤーのほとんどが辿った末路だ。

かと言って魔法使いプレイヤーが挑めば物理攻撃を捌けずに死ぬ。

故に、赤狼戦でスクナの取ったカウンターという戦法は、「それが出来るのであれば」最良の選択であったと言えるだろう。

ちなみにこうして説明すると無敵に思える赤狼アリアも、「ＨＰが低い」というボスとしては致命的な弱点を抱えている。

レベルを上げ、ステータスを高め、装備を整えて攻撃パターンを見切れば、いずれは倒せるように想定されてはいたりする。

「こ、れって……」

思わず絶句する私に疑問符を浮かべて首を傾げるトーカちゃんと、予想していたのか笑みを浮かべる子猫丸さん。

「どんな性能だったんですか？」

「こ、これ」

私の反応が気になったのだろう、聞きに来たトーカちゃんに見えるようにメニューを可視化する。

その内容を覗いてゆっくりと眺め回した後、彼女もまたピシリと固まった。

「はっはっは、二人ともいい反応だよ。安心してくれ、夢じゃないよ」

「いやいやいや」

「でもわかったろう？　コレは配信で見せていいシロモノじゃない。これまで作られた三つのネームドウェポンが持つ破壊力とは別種の、あらゆるプレイヤーに平等な恩恵をもたらす効果だ」

真剣な瞳で語る子猫丸さんの言葉に、私たちは同意せざるを得なかった。

全てのＳＰ消費行動の半減。それは単純に、これを装備しているプレイヤーに限って二倍アーツが放てるということだ。

実際には技後硬直とかがあるから正確ではないけど、端的に表現すればこういうことになるのだ。

「……この装備は防具にしなければ《アーツの消費ＳＰを半減する》程度の効果に収まっていたのかもしれない。でも、何はともあれその装備は完成してしまった。幸いなことにプレイヤーのＳＰや装備の詳細は周りには見えないから、もうしばらくの間そのスキルについては隠しておいて欲しいんだ。少なくとも同等の装備がこのゲームに現れるまでは」

彼の言葉に、私とトーカちゃんは頷いた。

いずれは赤狼アリアを倒し、レアドロップの《魂》を手に入れるプレイヤーも現れるだろう。

あるいは他のネームドを倒した結果、同等の性能——例えばＭＰ半減とか——そういった効果の装備を作る人も現れるはずだ。

ネームドボスモンスターは二週間で四種が倒されているのだ。リンちゃんの話ではその内の一種は初討伐後も倒されたことがあるようだし、可能性はなくもない。

「もちろん、使うなということじゃないよ。ただ、ぼやかしてくれればいいんだ。ＳＰの消費を減らしてくれる装備ですくらいにぼやかしてくれれば、周りも納得するはずだ」

「そうですね……私もチートだとか粘着はされたくないので、そうすることにします」

子猫丸さんの提案を、私はありがたく受け取ることにした。

先程のことを踏まえた上で、一応他のプレイヤーも同じものを手に入れる可能性があるが、今はまだ「いずれ」の域を出ない。

まだ始まったばかりのこのゲームで、初討伐プレイヤーに大きすぎる恩恵があるのも確かで、それはオンラインゲームでは嫉妬や羨望に繋がりやすいのだ。

下手に火種に燃料を投下するのは私も避けたかった。

「ありがとう。お詫びと言ってはなんだが、妻からこのアクセサリーを渡して欲しいと言われているんだ」

「アクセサリー？」

私の言葉に笑顔で応じた子猫丸さんはそのままメニューを弄ると、ひとつのアイテムを私に譲渡してきた。

受け取るかというアナウンスにイエスを返し、手に入れたアイテムの詳細画面を開く。

――

闇狼のチョーカー

レア度：ハイコモン・ＰＭ
器用：＋５
ダークウルフの素材で作られた漆黒のチョーカー。
装備者の感覚を研ぎ澄ませる効果を持つ。

――


「妻が君にプレゼントしたいと、私が余らせたダークウルフの素材で作ったものだ。大した効果はないが、せっかくだから貰ってくれると嬉しい」

「せっかくなので、ありがたくいただきます」

「わ、チョーカーですか……狼の紋様が彫り込まれてますね」

いただいたアクセサリーを早速つけてみると、トーカちゃんが目ざとく意匠をチェックしてくれた。

手でなぞってみると、確かに何か模様が彫り込まれているようだった。

こういう細かな意匠が凝らされているあたりに、プレイヤーの工夫が感じられる。

「さて、これで僕の方からの用事は終わりだよ」

「そうしたら、どの素材を譲るかですね」

「僕としては……」

意味もなく二人で悪い笑みを浮かべてから、汚い話……ではなく中断されていた交渉を再開する。

それからざっくり五分程。

特に揉めることもなく残りの素材のほとんどを子猫丸さんに譲り、私たちは子猫丸さんと別れたのだった。

＊＊＊

一度装備を元に戻して、私たちは午後からデュアリス東部に位置する《ローレスの湿地帯》を探索することになった。

湿地帯と言うだけあって基本的に足元は水浸しで、主なモンスターは《フロッグ》と《リザード》という系統のモンスターである。

強さでいえばレベル10を優に超えるモンスター群なので、ウルフやゴブリンに比べてもかなり強い部類に入る。

とはいえ、レベルのアベレージが20を超えるという魔の森に比べれば、モンスターのレベル自体はよほど優しい環境である。

湿地帯は所々に木が生えてこそいるものの、大抵の場所は足首程度の水場だから、ここにたどり着いたプレイヤーにとっての敵はモンスターと言うよりは地形なのかもしれない。

それでも、魔の森に続くフィールドに比べれば視界が開けている分悪辣《あくらつ》さは少ない。

爬虫類や両生類に生理的嫌悪感を抱く訳でなければ、街の周辺フィールドのひとつとしては適正な難易度だと言えた。

「という訳でローレスの湿地帯に来ましたよー」

『カエルがデカい』

『湿地帯……濡れる……閃いた！』

『→ほう』

『足元水浸しで冷たそう』


「意外と冷たくはないよ。それが逆に程よい気持ち悪さなんだけどね」

「ぬるい……ちょっと冷たい水って感じです」

デュアリスの街を出る前に配信は再開して、街の東にちょっと行ったところから広がる湿地に足を踏み入れた私たちは、コメントに向けてこのなんとも言えない感触をリポートする。

トーカちゃんは普段、比較的魔法使い寄りの装備なんだけど、今回はリンちゃんのようなローブを短めのマントに変えている。

裾が濡れるのが嫌なのだそうだ。気持ちはよくわかるよ。

「じゃ、そろそろ装備の紹介しちゃいますか！　お待ちかねのやつだぞ！」

「ひゅーひゅー」


『キタ――』

『キターーーー』

『やったぜ』

『ふぅー♪♪』

『待ってた』


街で「この後装備公開します」と言ってからコメントは割と盛り上がっていたのだが、いよいよと言う事でみんないい反応を返してくれる。

とはいえ魔法少女のように変身バンクはないので、メニューをパッパッと操作して装備を切り替えるだけなんだけど。

「はい。という事でこれが新装備！　《赤狼装束・独奏》です！」


『おおー』

『へぇー』

『可愛い』

『なるほどね』

『和装だ！』

『着物っぽい』

『御札持って御札』

『結界とか張りそう』

「いや結界とか張れないから」

「張れる職業ありますよ？」

「うそん」

御札の代わりに落ちてた葉っぱを持ったら『ポンポコ』というコメントを書かれた。私はたぬきじゃないやい！

というかトーカちゃんの言うように結界が張れる職業があったとしても、私は転職できないから結局私には使えないんですよね。脳筋陰陽師スクナ爆誕である。

それはさておき。まあリスナーの反応は何だかんだで概ね好評と見ていいだろう。

子猫丸さんのセンスに感謝。あるいは奥様のセンスなのかもしれないけど、少なくとも私はこれを大変気に入っている。

高い防御と敏捷を兼ね備え、速度低下をものともしない。そして湿地に来てわかったけど、この装備微妙に撥水性があるっぽい。

火に弱く水に強いってそういうことなのかなと思いつつ、私たちは湿地の中を進み始めた。

とりあえず目に付いた《アマフロッグＬｖ12》というモンスターをターゲットする。アマフロッグ……アマガエルかな？

そんなに好戦的なモンスターではないようで、触れられる距離に近づくまでノンアクティブなままのようだ。

とりあえず近づいて金棒で殴りつけてみると、妙な抵抗感と共に一割ほどＨＰが減った。

「タフいね」

「フロッグ系のモンスターはＨＰが高いのと、打撃耐性をいくらか持ってたと思います」

「くっ、剣士優遇……！」

びよんと伸びてきたベロ攻撃を素手で弾きながら、私はこの世の不条理を嘆いた。

見た目通り鈍重なようで、アーツをビシバシ叩き込んであっさり倒せはしたんだけど、弱点がよくわからないのと打撃耐性が意外と厄介だなと思った。

とはいえ超・金棒は耐久に優れた武器だ。耐久勝負にはもってこいだろう。

「トーカちゃんはカエルとか大丈夫なんだっけ？」

「生物は全般行けますね」

「それは強いな」

私自身は生き物が気持ち悪いとかそういう感覚はよくわからないんだけど、世の中にはダメなものはダメという人が確かに居る。

カエルとか可愛いと思うんだけどね。噛みつかないし。触ると弱っちゃうから触れないけど。

ちなみにアマフロッグは三十センチ大のアマガエルである。このくらいのサイズになると最早別の生物だ。

水中にいるからなのか特に変色もしていない綺麗な黄緑色の体色のせいで、隠密も潜伏もあったもんじゃない。

それでもさっき攻撃を受けたプレイヤーを見かけた時、一撃でかなりのダメージをもらっていたようなので、攻撃力は高いのだろう。

しばらくアマフロッグを狩りながら進んでいると、少し広めの陸地が見えてきた。

「なんだろうね、アレ」

「なんでしょう？」

上陸して散策してみると、中央のあたりに数メートルの沼を見つけた。

試しに転がっていた石ころを投げ込んでみると、沼の中からビョッと伸びてきた何かに絡め取られて消えていく。

水面に残った波紋を見て、私とトーカちゃんは微妙な気持ちで顔を合わせた。

しばらく様子を見ていると、沼の水面に何かが浮上してくるのが見えた。

表示されてる名前は《ウシフロッグＬｖ22》。元ネタはウシガエルなんだろうけど、普通にレベルが高い。

何だかんだ午前からちまちまレベルが上がって23に達した私とほぼ同じだ。しかも例に漏れず打撃耐性持ちなんだろう。

しばらく睨み合っていた私たちだけど、唐突に沼から飛び出してきたウシフロッグによってその均衡は破られた。

「で、でかっ」

「うわぁ……」

『でけぇ！』

『二mのカエルだぁ』

『まずいですよ！』

『強そう』


顔だけしか出してなかったから分からなかったけど、このカエル、私が戦ってきたモンスターの中ではアリアやレッドオーガに次いでデカい。

流石のトーカちゃんもドン引きである。

ウシフロッグは少し首を動かすと、突然泥の砲弾を吐き出してきた。

「うわぁっ、危なっ⁉」

「きゃあっ」

「トーカちゃん⁉」

悲鳴の方に視線を合わせると、トーカちゃんが宙でひっくり返されている。

私が泥の砲弾を回避している間に、トーカちゃんがウシフロッグの舌に絡め取られてしまっていた。

「ね、姉様助けてぇ」

「く、このエロガエルめぇ！」

どちらかと言うと桃色に染まるリスナー達を無視して、トーカちゃんを救うべく私はウシフロッグへと突撃するのだった。

＊＊＊

あの後。

ウシフロッグとの三十分に及ぶ激戦を制した私たちは、更なる試練に襲われた。

その試練とは、《トノサマフロッグLv25》。体長四メートルにも及ぶそのモンスターは、弾丸のような突進を繰り返すだけの見た目や名前の割にはしょぼいモンスターだったんだけど、とにかく火力がえぐかった。

直撃を食らってしまったトーカちゃんがあわやデスペナルティに陥りかけたり、気を取られた私も吹き飛ばされて空を飛んだり。

なんだかんだで倒したものの、水浸しの泥だらけで散々な目にあったのだった。

「しばらく湿地帯には行きたくないな……」

「ホントです。前に行った時はもっと楽なエリアだったんですけどね……」

「まあ、ゲームにハプニングは付き物よ。良かったじゃない、撮れ高ができて」

「リンちゃぁん……」

今は夜。配信を終えて戻ってきた私たちは、同じく戻ってきたリンちゃんと共に三人でご飯を食べていた。

「ふふ、湿地帯はナナには地獄だったでしょ？」

「ホントだよ。打撃耐性持ちばっかだし……倒しやすそうなリザード系統は全然出てこないし」

「そう言えばそうでしたね。四時間ほど探索してましたけど、リザードは他のプレイヤーの前でも現れてないみたいでした」

そう、湿地帯にはリザードとフロッグという二系統のモンスターが出るはずなんだけど、配信中には全く出てこなかったのだ。

これに関してはリスナーも困惑していて、途中少し話す機会があった他のプレイヤーも今日は見てないと言っていた。

「……そう、リザードが出なかったのね。天候によって出現の割合は変わるんだけど、今日は晴れだったはずよね」

「そうだよ」

「雨でないのに、フロッグが大量発生……と言うよりはリザードの減少？　何かありそうね」

私たちの話を聞いたリンちゃんは真剣な顔で悩んでから、切り替えるように笑顔に戻った。

「ま、気にしても仕方ないでしょう。明日は魔の森に行くんでしょ？　魔法には気をつけなさいよ？」

「わかってるよ～」

「クス、ナナ姉様は魔法耐性が皆無ですもんね」

「赤狼装束も魔法耐性はないからねぇ」

明日以降挑戦する予定のダンジョン《魔の森》。トリリアへと続くそこは、魔法を使うモンスターが目白押しだという。

職業《童子》の影響で魔法耐性を一切持っていない上に鬼人族の低い耐性も相まって、今の私は紙っぺら並みに薄い魔法防御しか持っていない。

それでも新しいダンジョンに挑むのは楽しみなのだった。

＊＊＊

あの日、声をかけることさえできなかったから。

私が最後に見たナナねぇの姿は、無表情な泣き顔だった。


小さい頃から、私——鷹匠燈火は優秀な子供だった。

求められた結果を確実に出し続ける、常に期待に応え続ける子供。運動に勉強に習い事に、何をとっても優秀で、いつだって私は褒められて生きてきた。

そんな私には、誰よりも大好きなお姉ちゃんがいた。

鷹匠凛音。私の一つ歳上の従姉妹であり、鷹匠グループ総帥の実の娘でもある人物。

いつだって私の話を自分の事のように聞いて、褒めてくれる優しい人。

ただ優しいだけじゃなくて、リンねぇは私以上に天才だった。

勉強は授業を聞くだけ。楽器も作法も何につけても努力らしい努力をしているところを見たことがない。

致命的に運動神経が悪いという弱点も、愛嬌のひとつでしかなくて。

リンねぇは私以上に結果を残し続けていたけど、いつだって自分のやりたいことをやりたいようにやっていて、我が道を行く人だった。

その興味の対象はいつだってゲーム。空いた時間をゲームに費やしては一喜一憂している、そんな不思議な人だった。

リンねぇは私の話を聞いては笑い飛ばして、「馬鹿な子ねぇ」なんて言いながらも頭を撫でたりしてくれて。

私にとって親よりも頼りになるその人のそばには、いつもひとりの少女が寄り添っていた。

「ナナ」。リンねぇにそう呼ばれる少女は、いつも無表情で自発的に喋ることが一切ない、とても物静かで大人しい子供だった。

「ナナ、この子が燈火よ」

「鷹匠燈火です、よろしくお願いします」

「……ん」

初めての会話はこんな感じだっただろうか。

一瞬だけ視線を寄越して、あとはぼんやりと視線を彷徨《さまよ》わせるだけ。

警戒されているわけでもなく、ただただ興味がない。

そんな態度を取られたのは初めてで、唖然としてしまったのを覚えている。

リンねぇに直接聞くのはばかられたので、私は家の者に「ナナ」について調べさせた。

容姿は整ってはいるもののリンねぇと比べれば霞んでしまうし、生家も一般的な中流家庭。

両親同士の付き合いから交友に至っている。

リンねぇが犬に襲われた時、それを助けて重傷を負っている。

そして何より、リンねぇのお気に入りである。

羨ましいとか、妬ましいとか、そんな感情を抱く前に感じたのは「どうして？」という疑問だった。

私は誰からも褒められるような優秀な子供だった。だけど、「ナナ」はどこまでも普通だった。

過度に寡黙な点を除けば、テストの点もちょっと努力した人なら取れるくらいの点数だし、歌も楽器も得意じゃない。

しいて特徴を上げるなら、いつもお弁当箱をふたつ持ってきていて、大食いだなぁという印象を抱いたくらい。

その当時の私にとっては、「ナナ」は普通の少女だったのだ。

だから羨ましかった。

ただの普通の少女が、憧れの人の隣に寄り添っていられることが。

何もできない者が、リンねぇの視線を独占していることが。

だから何かにつけて挑発してみたりもした。

テストの点もそう、学校の成績や習い事の結果など、とにかく「ナナ」を蹴落とそうとして、返ってくる反応はぼんやりとした視線だけ。

たまに頭を撫でられたり、ぎゅっと抱きしめられたりと、明らかな子供扱いをされているのに「反応が返ってきた！」と喜んでいた私は今思うと結構馬鹿だったのだろう。

当初の目的はすっかり変わっていて、「ナナ」に無視されたくないからと、積極的に絡んでいくようになった。

疑問心が嫉妬心に変わって、あしらわれるうちになんだか打ち解けて、気づけば二人と一緒にいる時間が幸せなものに変わっていた。

ナナは相変わらず私に対して塩対応だったけれど、それでも私たちは仲のいい三姉妹のように、ほとんどいつも一緒にいた。


小学校も終わる頃。

三人で街を散策していた時のこと。

私たち三人が信号待ちをしているところに、暴走した大型トラックが突っ込んできた。

そのトラックは明らかに人を殺せる速度で私たち三人を……より正確には私とリンねぇを中心に捉えて走ってきていた。

死んだと思った。

轟音を上げて迫ってくるトラックを前に、私は体が竦《すく》んで動けなかった。

死ぬんだと思って目を閉じた瞬間に、ふわりと体が浮き上がって。

数秒の浮遊感の後、後方で轟音が上がって、そしてお腹に強い衝撃が来た。

目を開いた時には私は「ナナ」の小さな左肩に担がれていて、右肩ではリンねぇが辟易としたような顔で担がれていた。

「ぐぇ……ナナ、もう少しだっこ優しくできなかったの？」

「二人は無理」

「まあいいわ、ありがと……ってナナ、泣いてる？　足折れてない？」

「折れてる」

「あのねぇ……。ほら、立ってなくていいから座りなさい。警察と救急車呼びましょ」

涙目の「ナナ」を見たのは初めてで、それが両足の骨が折れたことによるものだと理解したのは救急車が来た辺りだった。

何が起こったのか。今聞いても信じられないけれど、彼女は咄嗟に私たち二人を抱えて思い切り跳んだのだ。

それこそ大型トラックが通り過ぎるくらいの高さと滞空時間を、自分の両足の骨が折れるくらいに力を込めて。

その状態で三人分の重量を抱えて着地したのだから、涙のひとつも出るはずだ。

後で伝え聞いた話だけど、コンクリートにその時の足形が残っていたとかいないとか。

埋め直されたせいで真偽は不明だけど、結論からいえばその事故は奇跡的に運転手が怪我をしただけで終わった。

「ナナ」は救急車にのって鷹匠グループの専門医療機関に運ばれて、半月ほどで完治して帰ってきた。

その際、リンねぇから「ナナ」について詳しいことを教えてもらった。

二宿菜々香は筋量が常人に比べて桁外れに多いのに、それが見た目に現れない病気。そういった、生まれながらの超人体質であるということ。

かつ、それを全て自分の意思で操ることができる天性の運動神経と、鋭すぎる五感を併せ持っているということ。

そう、「ナナ」はあまりにも普通とはかけ離れた、特別以上に「異常」な存在だったのだ。

昔の私だったらきっと、やっぱり特別だからリンねぇのそばに居られるんだ、なんてくだらないことを考えていたのかもしれない。

けれど、私はもう知っていた。「ナナ」が優しく頭を撫でてくれる感触も、抱き締めてくれる力強さも。

しつこいほど絡んでくる私に困惑して、リンねぇに助けを求めては笑われているところも。

リンねぇは言っていた。「ナナ」は自分の力を振るうことを極端に嫌っている。

今でこそ力を調整出来る彼女だけど、幼い頃は調整ができなくて、何度も両親を傷つけた記憶があるから。

最初はリンねぇに触ることさえ躊躇っていたと聞いて、私は少し驚いた。

だから、リンねぇがひとつだけ私にお願いしてきたのは、ただ「ありがとう」と伝えて欲しいということ。

そして私は、初めてナナねぇから不器用な笑顔を向けてもらったのだ。

珍しく、雪の降る日のことだった。

普段は片時も離れない勢いでリンねぇと一緒にいるナナねぇが、珍しく街をひとりで歩いていた。

おぼつかない足取りで、眼前の私にも気づいていない様子で。

傘も差さないまま、ナナねぇは雪空の下を歩いていたのだ。

いつものように無表情で、けれどその日、彼女は見たこともないような様子で。

ボロボロと涙を零しながら、虚ろな様子で歩いていた。

滅多な事では感情を揺らさないナナねぇが、周りの目をはばかること無く涙を流している。

その姿を見た私は声をかけることもできずに立ち竦んでしまって。

頭の中がグルグルしているうちに、気づいた時には見失ってしまって、急いでリンねぇに連絡を入れた。

——両親が亡くなったそうよ。

悲痛な気持ちを抑えたせいか、震え声で伝えられたその言葉に、私は思わず駆け出してナナねぇを探した。

探して、探して、探したけど見つからなくて。

そうして、ナナねぇは私の前から姿を消した。

＊＊＊

翌日、世間一般的には平日とされる月曜日。

流石に月曜日の朝から人が集まるとも思えなかったため、私は特に配信せずにＷＬＯにログインしていた。

トーカちゃんも今日は朝から学校に行っている。

早朝にお迎えに来たボディガードのお姉さんたちと一緒に、爽やかな笑顔で出発していった。

私は覚えてなかったんだけど、あちらは覚えてくれていたようで、「本当に生きておられたのですね」なんて言われたりした。

リンちゃんはもう少し私の失踪説を否定しておいてくれてもよかったのでは？

そう言ったら、「必要なことだったのよ」とため息混じりに返された。

まあ、誰もが携帯端末を持つこの時代に、誰にも伝えずに去った私の方に責任があるのでリンちゃんを責めたりはできないんだけど。

私これから先、中学時代の知り合いと会う度に「生きてたの？」って言われるのかな。

リンちゃんとトーカちゃん以外の知り合いに心当たりはないけど。リンちゃんの家族とは稀に会ってるしね。

閑話休題。

再びデュアリスに降り立った私の目的は、配信時にはすっかり忘れていた《露天通り》の幼女・はるるだった。

もちろんいない可能性の方が高いけど、時間がある時に確認はしておきたかったし、何より露天を改めて見て回りたかったのだ。

のんびり歩いてたどり着いた露天通りは新規参入で盛り上がっているからか、平日とはいえプレイヤーはそこそこ多く居るようだった。

中でも目を引いたのは、ポーションジュースという名前の商品を並べているお店。元より普通に飲める味がする——実はまだ飲んだことがない——はずなんだけど、この露天の主はジュース風のポーションを作った……と銘打っている。

「お嬢さん、珍しい装備してるな」

いちご、メロン、ブルーハワイ……そんなお祭りでよく見かける名前を追っていると、露天の主から声をかけられた。

見た目は赤髪に銀のメッシュを入れたイケメンだ。だが、聞こえてきた声は確かに女の人のものだった。

「和服を作れるプレイヤーはまだそんなに居ないはずだが……よければ名前を聞いてもいいか？」

「スクナです。装備製作者は子猫丸って人ですね」

配信者である私も、私の配信に映っていた子猫丸さんも、調べれば簡単にわかってしまう情報を隠す理由もないので正直に伝える。

すると彼？　は納得したように頷いた。

「ああ、猫さんが作ったのか。……っと、名前を聞く前に名乗るべきだったな。俺の名前はディオン、聞いての通り中身は女だよ」

反応を見るに、どうやらこの人も子猫丸さんの知り合いらしい。あの人、顔広いなぁ。

そしていわゆるネカマ、ネナベ。ＶＲに限らず、オンラインゲームで性別を偽る……という言い方をすると失礼か。

要はせっかくゲームなんだから別の性別のキャラを使おうぜっていうプレイスタイルの人の事だ。VRでは多少動きづらさなんかもあるそうだけど……慣れてしまえばどうということもない。

どちらかと言うと、問題は「声帯だけは変わらない」ということだと思う。少なくとも声で演技できなければ性別は偽れないと。

とはいえVR黎明期にはそれがひとつの個性として成り立っていて、アイドル的な活動をしていた人もいたらしい。

世知辛い系狐耳ロリっ子の男性だとかね。

まあ、ネカマネナベなんて昔から当たり前にある文化だし、今どき特段に珍しくはない。

「で、どれか買ってくか？　はっきり言って効果は期待するな。こいつはどうやったらジュースっぽい飲み物ができるかって実験でできた副産物だからよ。今日は《屋台のかき氷シリーズ》しか持ってきてないんだが……」

「それもう氷とセットで売れば儲かるんじゃないですかね」

「いや、氷にかけると薄くてダメなんだ。煮詰めたら濃くなるって訳でもなくてな」

「試してたかぁ」

悩んだ末に、ブルーハワイ味のポーションジュースを二本買うことにした。お値段２０００イリス。結構高いぞこれ。

味は……薄めたブルーハワイに少しだけミント風味が混ざっている感じ。

それをいただきながらポツポツと会話していたんだけど、ふと当初の目的を果たすためにディオンさんに聞いてみることにした。

「そう言えばディォンさん、ここいらで幼女見ませんでした？　はるるって名前のプレイヤーで、いつもここにいるっぽいんですけど」

「ああ、そりゃ今お前の後ろにいるやつだな」

すっと私の後ろを指差すディォンさんの視線を辿っていくと、私の後ろにはいつの間にかあの時の幼女が立っていた。

「ヒェッ」

「うふふ、昨日ぶりですねぇ……スクナさん」

「おうはるる、調子はどうだ」

「たった今最高潮になりましたよぉ……待ち人来たるですぅ……」

「両思いとは羨ましいこって。ついでに一本買ってけよ」

「みぞれをひとつお願いしますぅ……」

「毎度あり」

どうやら二人は知り合いのようで、気安い会話が聞こえてくる。

昨日からそうだけどこの幼女、忍者かってくらい気配がない。あるいは座敷わらし的な存在か。

「さてぇ……御用は私にでよろしいんですよねぇ？」

「あ、うん。そうだよ」

「僥倖《ぎょうこう》ですぅ……それでしたら、工房にご案内しますよぉ……」

嬉しそうに頬を綻ばせたはるるは、ゆらりと体の向きを変えて路地のほうに歩いていく。

既に他のお客さんの相手をしているディオンさんに軽く会釈してから、私は彼女の後を追うのだった。

意外と売れてるんだな、あのポーションジュース。

＊＊＊

デュアリス北の大通りから路地に入って数分ほど。

連れてこられたのは住宅街の裏を通っている路地のようで、その住宅群の中にある黄色い家の裏口から、私は彼女の工房に招かれた。

中に入れば、存外に広々とした空間が広がっている。

二階建てのようで、目に見える一階部分は鍛冶を行うためだけに作られているようだった。

チラリと表口の方を見れば、扉のような彫り込みはあるものの取っ手のひとつも付いていない。

つまりアレだ、この家は裏口に見える路地裏からしか入れないようになっているのだ。

「改めまして、はるると申しますぅ……昨日は搦手《からめて》を使ってしまいまして、失礼しましたぁ……」

「大丈夫、貰った分銅も結構役に立ったからさ」

「放送は見させて頂きましたぁ……あれほど使いこなしていただけるのであればぁ……私としても嬉しい限りですねぇ……」

くすくすと笑いながら、はるるは私を二階に案内してくれる。

「あの分銅は私の作った中ではそれほどいいモノではないのですぅ……スクナさんは扱えていましたけどぉ……投擲アイテムとして、分銅はそもそも形が歪すぎるんですぅ……」

「それはそうだろうね」

「投げナイフ、手裏剣、棒手裏剣、鉄球、石ころ、ぇとせとらぇとせとらぁ……優秀な投擲武器はいくつもありますけどねぇ……しかし分銅は他の投擲武器よりも優秀な点がひとつありましてぇ……それが重量なんですねぇ……」

はるるの解説を聞きながら二階に行くと、ズラリと並んだ武器群に圧倒される。

整然と並んでいるとは言い難い。どれほどの数生産したのか、樽に雑多に放り込まれている刀剣だとか、箱にパンパンの投擲武器、壁に掛けられた大剣や杖。

とにかく何でもかんでも節操なく置いてある、そんな印象だった。

「私の見立てだとぉ……スクナさんはどんな武器でも扱えるんじゃないかなぁと思うんですぅ……しかし多くのスキルを持てないのがこのゲームの醍醐味でもありますからぁ……打撃武器と投擲武器に絞ってお見せしますぅ……」

ゲームらしいと言うべきか、はるるは見た目からは想像できないほどの怪力の持ち主のようで、何十本も武器が入った樽をひとつ私の前に持ってきた。

「時にスクナさんは《片手用メイス》スキルをお持ちですよねぇ……」

「え、うん。ほとんど使わないんだけどね」

「なるほどぉ……ああ、これなんか面白いですよぉ……」

そう言って彼女が取り出したのは、長さ五尺程の棒。いわゆる両手棍と呼ばれる武器種だった。しかしそれにしては少し小さいような気もする。もう一尺くらい長いのが正当な形だと思うんだけど。

芯は赤色で両端が少し丸く、何かの漫画で見た如意棒のような、そんな意匠をしている。

「これは私が開発した複合武器、《折れる如意棒》ですぅ……真ん中を捻ってみてくださいぃ……」

「こう？」

手渡された如意棒擬きを百二十度ほど捻ると、カチッと音が鳴って真ん中から分離した。

両手棍が、片手用メイス二つに早変わりである。

「いい物が出来たと思ったんですが残念なことにぃ……打撃武器は両手に持つとスキルが発動できなくなるんですよねぇ……」

「ええ……」

「うふふ、武器の開発も一朝一夕には行かないんですねぇ……」

やれやれといった風に肩を竦めるはるるだけど、その表情は楽しそうなままだ。

試行錯誤するのも楽しい。彼女はきっとそういうタイプなのだろう。

「話を戻しましてぇ……現状、スクナさんは片手用メイススキルをお使いになられていないということでぇ……それならこれなんかはいかがですかぁ……」

そう言って渡されたのは、ずしりと重い黒の両手棍。

さっきのは木製の重さだったけど、こっちのは多分金属製なんだろう。

長さは先ほど同様に五尺程度だ。

両端の構造がかなり異なっていて、片方は打撃の威力を上げるための装飾があり、もう片方は逆に切り落としたように真っ平らになっている。

「先ほどの要領で捻ってみてくださいなぁ……」

「うーん……うわっ」

グリっと柄を捻ってみると、ガシャンという音と共に平らな面が開いて刃が出てきた。

棍自体が細身なので刃自身も細く短いものの、刺突や簡単な斬撃くらいなら行えそうに見える。

「新開発の斬打一体型暗器《クーゲルシュライバー》ですぅ……」

「くー……なに？」

「クーゲルシュライバー、ドイツ語でボールペンって意味ですよぉ……芯を捻ると刃が出入りするところがそれっぽいと思いませんかぁ……」

「分かるけど無駄に名前がかっこいいな……」

ネーミングセンスがあるんだかないんだか。しかしこれは結構便利かもしれない。

ちょっと離れてもらって軽く振るってみると、五尺という長さは私の身長だと想像以上に取り回しやすかった。

「ローレスの湿地帯のように打撃に強いモンスターばかりのフィールドは少なくないですしぃ……打撃のみならず刺突斬撃を同時にできるのはかなりの強みですよぉ……ネックはですねぇ……刃部

分の耐久なんですぅ……どうしても脆くなってしまいましてぇ……」

本気で悩んでいるのか、はるるは顔を顰めて言った。

けれど、この両手棍の直径はどんなに太く見積っても四センチに満たない程度だ。

折れやすいのは仕方がないと思う。

「これだけ細ければ折れやすいのは仕方ないんじゃない？」

「そうなんですけどねぇ……そこを解決するのが私の仕事なわけでぇ……とりあえず、これは格安でお譲りしますのでぇ……試運転をお願いしていいですかぁ……」

その申し出は私にとっても決して悪いものではなかったけど、格安でお譲りというフレーズがやけに気になった。

「ちなみにおいくら？」

「今なら投擲武器をお付けして10000イリスでいいですよぉ……」

「格安かどうか微妙なラインを攻めてくるなぁ！」

値切った結果、私は修理費を取らないことを条件に付けて、9900イリスで斬打一体型暗器《クーゲルシュライバー》を購入することになったのだった。

こんな立派な工房を持っているんだから、お金に困ってるわけじゃないんだろうけど。

金銭的な取引が一番後腐れがないのかもしれないなぁなんて思いながら、私ははるるの見送りを受けて路地から出るのだった。

はるるから試作品のテスターに任命された私は、再びローレスの湿地帯に訪れていた。

なぜ昨日散々な目にあったここに来たのかといえば、ひとつはこのボールペンの名を冠した武器を試すため。

二つ目は、昨日見れなかったリザード系統のモンスターと戦ってみるためだ。

冷静に考えると、なぜ湿地帯にトカゲがいるのかはよくわからない。水生のトカゲなんだろうか。

ワニとかの方が現実味はある気がするけれど、そこら辺はゲームってことで突っ込んだら負けな気がする。

「よっ、ほっ、てりゃっ」

飛び跳ねて突進を当てようとしてくるアマフロッグをリズムゲームのごとく打ち落としながら、私はこの両手棍の性能を確かめる。

攻撃力は35。この時点で超・金棒よりは高い攻撃力を持っている。

変形させても攻撃力は変化しないが、柄から後ろの打撃部分までと変形後にとび出てくる刃には別個に耐久が設定されているみたいだ。

そして、変形機構を組み込んでいるからか、刃に限らず全体的に耐久は高くない。

特に変形後は丁寧にクリティカルヒットを狙いながら、槍や薙刀のように運用することになるだろう。

「せりゃあ!」

思い切り体を捻って、踏み込みながらの《薙ぎ払い》。《両手棍》スキルの基本アーツであり、最も使い勝手のいい技でもある。

両手で思い切り薙ぎ払ったからか、HPが減っていたからなのか。特に変形もさせていなかったんだけど、二匹ともまとめてポリゴンとなって消えた。

ちなみに派生スキルだからなのか、両手棍スキルにはもうひとつアーツがある。

それが《乱打》と呼ばれる連撃アーツで、これは打突三回からなる突き技だ。

《乱》と名前にある通り、当たる場所は初撃以外はランダムだ。

イメージとしては、初撃を中心に円が発生して、その中にランダムに打ち込む感じかな。

しかし、こうして改めて持ってみると、片手用メイス、両手用メイス、両手棍の三つの武器種は《打撃武器》という括りにあっても全然違う。

はるる曰く、この三つの武器種の違いは《長さと重さ》らしい。

一番短いのが片手用メイス。そして一番重いのが両手用メイス。長くて軽いのが両手棍だ。

最も取り回しに優れているのは片手用メイス。まあ、片手で扱えるってだけでその扱いの簡単さは伝わるだろう。その点では両手用メイスは最悪の取り回しを誇る。

逆に火力ではこの二つの立場は逆転する。両手用メイスはこのゲームにおいて最高峰の火力を誇る武器であり、同時に高い筋力値がないと扱えない武器でもある。

では両手棍の持つ最大の特徴はなんなのか。

それは、圧倒的な攻撃範囲の広さにある。

というのも、武器にはそれぞれダメージの与え方というものがある。

メイスであれば打撃部分、つまり先端を当てることで大ダメージを期待できるし、逆に根っこで殴ったところで攻撃力に見合ったダメージは出ない。

剣の柄で殴ったってそれほど痛くはないし、槍の柄の部分で殴られたって先端を突き刺されるよりは痛くないだろう。槍の場合は石突なんかもあるが、そこは例外だ。

このように、武器にはそれに見合った扱いをすることによってダメージを適切に与えるような設定がなされている。

その点において、この両手棍という武器は《棒》であるという特性上、全ての部位にほぼ同様のダメージ判定が存在するのだ。

だから、この武器で放った《薙ぎ払い》なんかは多くのモンスターを同時に殴ってもダメージを保持するし、打突のように先端で殴ってもダメージが出る。

全ての状況で同じようなダメージを継続的に叩きだせると同時に、間合い全てが攻撃範囲という稀有な武器なのだ。

その分、アーツの火力は比較的抑え目だから、そこら辺でバランスが取られている。

また、パーティ戦では使用するアーツを適切に選ばないと味方ごと攻撃してしまいかねないという、近接武器では屈指のフレンドリーファイアの誘発率を誇る。

逆に言えばソロで扱うには比較的器用な扱いができるということだ。

もちろん、この武器を使用している時でも《打撃武器》スキルは使える。有効に活用すれば、より一層戦いの幅は広がりそうだった。

「うーん……トカゲ、いないなぁ」

小一時間狩りに集中したものの、相変わらずリザードは出現する気配を見せない。

アマフロッグ、アマフロッグ、アマフロッグ、アマフロッグとさっきから同じモンスターばかりと当たるものだから、いい加減倒し方のコツもわかってきた。

脳みその位置を正確に叩くか、あるいは内臓を抉り抜くか。これがフロッグ系統へのクリティカルヒットの条件だと思われる。

アマフロッグ程度のサイズならいいけど、これがウシフロッグやらトノサマフロッグだと結局クリティカルできずに泥仕合になるイメージしか湧かないのが辛い。

《クーゲルシュライバー》の変形機構は確かに便利なんだけど、刃渡りははっきり言って短い。

それこそ槍と大差ないくらいで、薙刀と比べても半分くらいの刃しかないのだ。

これで数メートル級のカエルの内臓を切り裂くのはちょっと難しいだろう。

「…………きゃぁぁ……」

「んっ？」

弱点を突かれてひっくり返っているカエルを前に考え事をしていた私は、不意に遠くから響いてきた声に気づいた。

「悲鳴……あっちか」

視界が開けているおかげで、声の主がどこにいるのかはひと目でわかった。

別に助ける義理とかはないし、そもそもピンチとは限らないんだけど、聞こえてしまった以上は一応見に行くことにした。

近づくにつれて、何が起こっているのかは何となくわかってきた。昨日私たちが見つけたのと同じ沼がある小島。

見れば、ゴシックドレスの少女がウシフロッグに襲われている。ＨＰ自体はまだ減っていないようだけど、尻もちをついて震えていた。

「おーい、助けはいるー？」

「お、お願いしますぅ！」

「りょーかいっ」

一応言質を取ってから、私は少女に向かって振り下ろされるベロをここに来るまでに持ち替えた金棒で防いだ。

隙だらけの頭に飛び上がりながらの《叩きつけ》を当てて怯ませると、地面に尻餅をついている少女を立ち上がらせた。

「戦える？」

「そ、それが……武器が壊れてしまって」

「なるほど。じゃあ私が倒しちゃうね」

チラッと少女の全身を見るも、確かに武器はないようだ。サブの武器か格闘系のスキルがない限りは戦えないだろう。

喋ってる間に飛び跳ねていたウシフロッグのプレス攻撃をバックステップで躱す。

しかし本当に身軽だなぁ。実は私現実のウシガエルって見たことないんだけど、これくらい身軽なものなんだろうか。

しかしウシフロッグにとっては残念なことに、私は昨日君と戦っている。

「攻撃パターン変えてこない限り、一方的になっちゃうぞ」

そう言って、私はひとつのアーツの構えを取る。

プレスは当たらないと考えたのか、ベロによる攻撃に切り替えてきたウシフロッグの攻撃を躱し、私は思い切り踏み込んで金棒を叩きつけた。

怯むウシフロッグに追い打ちをかけるように、再び叩きつけ。さらにもう一発。おまけにもう一発。

これが計四発の《叩きつけ》からなるアーツ《四連叩きつけ》である。

利点は叩きつけ四回よりもSP消費が少ない点。欠点は発動中は叩きつけの動作しかできない点と、連撃であるために一発一発を一定時間内で打ち込まなければならない点だ。

と言っても叩きつけ自体が結構自由なアーツであって、両手で持って振るっていればとりあえず叩きつけという判定になってくれる。

それでも相手が比較的鈍重でないと、なかなか当てられないアーツでもあった。

これをアリアの前でやったりなんかしたら、二発目をスカされて距離を取られ、技後硬直の隙に首を落とされるだろう。

「せっかくだから色んなアーツを試し打ちさせてね?」

実は昨日、打撃に対して無駄にタフなフロッグたちと延々と戦っていたおかげで、私の打撃武器スキルは結構熟練度が上がっていた。

アリアによって跳ね上げられた都合上、レベルの割に熟練度を稼げていなかった私は、昨日ここに来た時点では《叩きつけ》と《フィニッシャー》くらいしか使えなかったのである。

《四連叩きつけ》はフィニッシャーの次に覚えたアーツであるが、ウシフロッグのHPは二割程度しか減っていない。

であれば、もう少し有効そうなアーツを打ち込もう。

しばらくの間、ベロを避けたり叩きつけをぶち込んだりしながら機を待っていると、ついに狙いのタイミングがやってきた。

ぐっと踏み込んでまっすぐ跳躍。いわゆる突進をしてきたウシフロッグに対して、跳躍の直前に既に回避していた私は、金棒をバットのように構えていた。

突っ込んでくるウシフロッグの頭を叩き割る気持ちで、私はアーツで加速した金棒を思い切り振り切った。

カウンターアーツ《ホームラン》。向かってくる敵の勢いを利用してかっ飛ばす、結構えぐいアーツである。

ドギャッ!! と恐ろしく生々しい打撃音がなり、二メートルはあるウシフロッグの身体が吹き飛んでいく。

このアーツはちゃんと決まれば必ず相手が吹き飛ぶので、技後硬直はあまり関係ない。

ただし、私は私で大質量を打ち返した反動で少しHPが減っていた。

この反動の部分は敵の質量や勢い、筋力値などに対するこちらのステータスによって変わるため、自分より遥かに大きな相手にこれを使うと自滅することもありえるし、そもそもアーツが成立せずに吹っ飛ばされる可能性もあるのだ。

面白いし威力も高いけど、使い所には若干困るアーツだった。

露天通りで買ったポーションジュースで傷を癒して、瀕死のウシフロッグを見据える。

脳震盪でも起こしているのか、残りＨＰが二割を切ったウシフロッグはふらついている。

長引かせるのも趣味じゃないし、私は再び《四連叩きつけ》を打ち込んで、ウシフロッグのＨＰを削り切った。

「ふー……おわっ……とっ⁉」

不意に、凶刃が私の首に振るわれたのを、しゃがむことで回避する。

距離を取って下手人に振り返れば、レイピアを振り切った体勢のまま笑みを浮かべたゴシックドレスの少女がそこにいた。

「不思議」

穏やかな声と共にレイピアを引いたゴシックドレスの少女は、自身の持つ武器を不思議そうに眺めてそう言った。

かと思えば一瞬で距離を詰めて私の首を取りに来るのを、金棒の真ん中で受け止める。

硬質な音を立てて衝突した武器はレイピアの方が一方的に弾かれ、そうかと思えば瞬時に引き戻されて突きが来る。

金棒を盾にしつつ半身になって躱し、そのままの勢いでしゃがみながら足払いをかけようとする

と、剣の持ち主はふわりと浮かぶような優雅さで後ろに飛んだ。

「殺せないと思わなかったわ。完全に不意をついたのに。不思議。目がいいのかしら。勘がいいのかしら。不思議ね」

赤い唇に指を当てて首を傾げるのは、先ほど助けた少女そのもの。ゴシックドレスに身を包んだ私よりも小さな女の子である。

百五十センチくらいだろうか。改めて見ると、流れる金髪と赤い瞳が良く似合う、日本人離れした顔立ちのアバターだ。

まあ、別にこの辺りはキャラクリエイトでいくらでも弄れる範囲だけど、ゴシックドレスだけは明らかに生産品だろう。

「で、いきなり襲いかかってきてなんのつもりかな？」

「ロウ。十六歳。仲良くしてね」

「いきなり切りかかってくるような子と仲良くする趣味はないなぁ」

「悲しい。私は貴方と仲良くしたいのに」

「まず切りかかってくるのをやめようかっ」

音もなく駆け寄ってくる少女の連続突きを、両手で持った棍を盾に受け続ける。

金属同士のぶつかり合いで何かの鳴き声かと思えるような音が鳴り続ける中、不意に少女の口が弧を描く。

嫌な予感がした瞬間、絶え間なく続いていた突きに空白が生まれた。

「《デストラスト》」

一気に引き絞られたレイピアが毒々しい紫のオーラを纏い、倍以上の速度で私に向かって突き出された。

「っぶない、なぁっ！」

突き出されたレイピアを、力づくのサイドステップで躱す。

無理な挙動で足首が軋むのを感じながら、技後硬直で固まる少女のお腹に全力で回し蹴りを叩き込んだ。

「あぐっ⁉」

ごしゃっと何かが潰れる音を立てて叩き込まれた蹴りによって、少女は数メートル吹き飛ばされる。

しかし少女は地面に叩きつけられそうなところを片手で支え、軽やかに身を立て直して着地した。

「ゲホッ、ゴホッ……酷い事するわ」

「いや、なんか今明らかにやばいアーツ使ってたよね？」

「そうね。当たっていれば猛毒になっていたわ」

「ほら！　私悪くないじゃん！」

呟き込みながらも悪びれることなく笑みを浮かべる少女。

この少女との力関係はわからないけど、職業でブーストまでかかっている私の筋力から繰り出される攻撃はそれなりに通ったらしく、ＨＰは一割弱が削れている。

けれど、少女の口から笑みが消えることはなく、軽口を叩ける程度には余裕があるようだった。

「貴方、名前は？」

「……スクナ」

「そう。スクナね。じゃあ、改めて名乗りましょう。私はロウ。《殺人姫《さつじんき》》と呼ばれることもあるけれど、貴方にはロウって呼んで欲しい」

「殺人……レッドネームね。デメリットしかないのによくやるよ」

デスペナルティはステータスと経験値をわずかな時間制限されるだけでしかなく、街中が安全地帯のＷＬＯにおいて、プレイヤーキルは本当にメリットのない行為だ。

それどころかデメリットが大きい。まず、ＰＫプレイヤーは街に入れなくなる。街の近くの騒ぎであれば、即座に衛兵ＮＰＣに捕獲され、所持金と所持アイテムを全て失う。街の遠くであっても、いずれはリスポーンしたときに捕獲され、同様の措置を受ける。

その上、ＰＫプレイヤーが他のプレイヤーにＰＫされた場合、所持金と所持アイテムの全ロストに加え、レベルが半減する。

旨みという点では何一つの旨みもない。それがこのゲームでのＰＫというものだ。

「メリットならあるわ。好きなように人を殺せる。それが私にとっては何にも代えがたいメリットだもの」

少女――ロウは、クルクルと手の中でレイピアを弄びながら、息をするようにそう言った。

その瞳は酷く純粋で、嘘偽りなど欠片もないように思える。

「少しだけ本気で行くわ。スクナなら死なないと思うの。生き残ってね？」

言葉と共にレイピアを構えたロウに対して、私も本気でやる必要があることを理解した。

意識が切り替わる。

ロウが望んでいるのは殺し合いだ。

殺らなければ殺られる。ゲームだと言うのに、そう実感させられる。

ロウの発する純粋な殺意は、ゾッとするほど冷たく透明だった。

瞬間、目の前に現れたロウの切り上げを、間に金棒を挟むことで防ぐ。

見えてはいたし、反応もできた。だが、先程までの緩やかな動きと比してあまりにも速すぎる。

防がれるのは想定のうちだったのか、いつの間にか反対の手で持っていた短剣を、身体ごと反回転しながら薙ぐように振るわれる。

バックステップで躱そうとして、背筋に走った悪寒に従って既のところでその手首を抑えた。

短剣は囮だ。本命はバックステップやスウェーバックで空いた体に、体の後ろに隠したレイピアで刺突を叩き込むこと。

互いに半身になって膠着状態に陥る。

状況を打破したのはロウの方だった。私の腕をレイピアで刎ねようとした所で私が手を離したので、そのまま後ろに飛び退いた。

「串刺しにできると思ったのに」

心底残念そうに呟くロウは、しかしその瞳に爛々《らんらん》とした煌めきを灯している。

感情に合わせてゆらゆらと揺れるレイピアの剣先から、燃え上がるような興奮が見て取れた。

「そう簡単には行かないよ」

「あは、そうでなくっちゃ。もうひとつ上がるわ、付いてきて」

そう言って突っ込んできたロウが選択したのは乱撃戦だった。

本来刺突に特化しているとはいえ、レイピアは両刃の剣だ。

だから、使おうと思えば切り裂くのにも使えるし、現にロウはかなりの頻度で刺突ではなく斬撃を選択している。

しかしそれはあくまで、そういう風に使えると言うだけの話に過ぎない。

細身の刀身は少なくとも打ち合うための構造ではないし、耐久度に支配されるゲームとはいえ細い武器よりは太い武器の方が打ち合いに対しては頑丈なものだ。

その点で見れば、少なくとも乱撃戦に耐えうる構造をした武器ではないはずなんだけど。

わずか一分の間に数十を超える剣戟を防がれても、彼女は焦りの感情など欠片も見せなかった。

「随分と、頑丈な、レイピアだねっ！」

「ええ、お気に入りなの。見てわかったわ。スクナの防具と同じものよ」

どこか嬉しそうに、ロウはそう言った。

私の防具はネームドボスモンスターの素材をフル使用した、現状最大級の化け物スペックを誇るシロモノだ。

髪飾りまで含めて、《魂》という激レアドロップを使用した、正真正銘の壊れ装備である。

同じ物を持っているのは、子猫丸さん曰くゲーム内では私を除いて三人のみ。

それはつまり……。

「ネームドウェポンか」

「ええ、そう。《誘引の毒蛇・ヴラディア》っていう、パーティネームドを殺して作ったの。流石に友達の手を借りたけれど、アレも素敵な戦いだったわ」

攻撃の手を止めて刃を撫でるロウは、酷く機嫌良さそうに己の武器の出自を語った。

というか友達がいるのか。友達がいたのか。

レッドネームの友達なら厄介極まりないな。

そうでなくとも少なくとも一人以上、ネームドと対等にやり合える友人がいるってだけで驚きだ。

「《誘惑の細剣《メロウ・レイピア》》。それがこの武器の名前。『切り付ける度に相手の状態異常耐性を下げる』、そんな効果を持った刃よ」

「……なるほど」

それは確かに強力な効果だ。

毒、麻痺、睡眠の有名どころだけでも、相手の耐性を無視して与えられれば大きな効果を生み出すだろう。

ただ、恐らく《魂》を投じて作りあげたのであろうネームド武器の持つ効果としては、少し弱いようにも思えた。

「これ単体ではあまり効果がないように見える？　ふふ、スクナもネームドを倒したなら知っているでしょう？　ネームドを倒すとレアスキルが手に入るの。ヴラディアの報酬で手に入ったのは

《毒蛇の滴り》ってレアスキルでね。その効果は『MPを消費して武器に毒属性を付与する』っていうシンプルな内容。これだけでも強いけれど、誘惑の細剣と合わせれば……ね？」

見せつけるようにレイピアに紫のオーラを纏わせるロウ。あれが今語った《毒蛇の滴り》というスキルの効果なのだろう。

となると、先程私に打ち込もうとした《デストラスト》という突きのアーツは、それ自体には毒属性はないと見るべきか。

全く笑えない話である。発動は任意のようだし、武器の効果は誂えたようにスキルと噛み合っているし、ネームド装備の耐久から考えて武器破壊も望めそうにない。

そしてそれらを併せ持っているのが、推定で私よりステータスの高いレッドネームプレイヤー。

なんの冗談だと笑いたくなるほどに、今の私の状況は厳しかった。

「で、それはバラしちゃってもよかったのかな」

「それなりに有名なのよ、私。今更隠す必要もないくらいに。それに、こんなのはモンスターを嬲る時と、雑魚を甚振る為にしか使えないわ。スクナみたいなプレイヤーには大抵通じないし、雑魚は知ろうが知るまいがどうせ死ぬの」

「自信家だね……それだけの実力がある、それだけのことなんだろうけどさ」

この少女と戦っていて、実感したことがある。

彼女の戦い方はよくも悪くもとても丁寧で、そこに突き詰めた合理性と意表を突く不意打ちを織り交ぜている。

だから、簡単だと言うつもりはないけど、ありえない角度から攻撃は飛んでこないし、見えてさえいれば見た目の速さほど攻撃を捌くのは難しくない。

ただし、厄介なのはそれらが非常に高いステータスに合わせて襲いかかってくるという事だ。はっきり言って私なんかよりも遥かに高い物理ステータスを保持している。それも人族でありながら、赤狼装束によってステータスを上昇させている私よりもだ。

多分、リンちゃんよりもレベルの高いプレイヤーと見て間違いはないだろう。

いくら攻撃が捌きやすい類だと言っても、このまま長時間彼女の攻撃を受け続けるのはなかなかに骨が折れる。

かと言ってこのステータス差で安易に突っ込んでも、簡単に攻撃を躱されるのがオチだろう。《月椿の独奏》によるSP半減を持ってしてもなお、有利を取れるかは微妙なところだった。

腹を括るしかない。

どうせ失うものもなし、せいぜい足掻いてみるべきだ。

「ねぇ、ロウ」

「あはっ、なぁに？　初めて名前で呼んでくれたわ」

「秘密を教えてくれた代わりに、私も秘密を見せてあげる」

「本当？　とっても嬉しい」

顔を綻ばせるロウに対して、私はなんともため息をつきたくなる気分だった。

正直なところ、使いどころがこんなに早くなるとは思っていなかった。

けれど幸いなことに、今の私は配信をしていない。

切り札を切り札のままにしておけるという点では、ここ以上に使うべきシーンもないだろう。

もったいないという気持ちはある。けど、私はどうしても、出し切ることなく彼女に負けるのが嫌なのだ。

発動のキーはたった一言。

私はそれを、高らかに謳《うた》い上げた。

「《餓え喰らえ、狼王の牙》」

瞬間、私の体を赤いオーラが包み込む。

レアスキル《餓狼》。赤狼アリアから貰った……自身のＨＰを消費して、最大五分間筋力と敏捷を跳ね上げる諸刃の剣。

全身を包む高揚感が、ステータスの変化を如実に伝えてくれた。

「それが、スクナの切り札なのね」

「正真正銘の、ね」

「本当に素敵だわ。胸がキュンとしちゃう」

うっとりとした表情で、ロウはそう言った。

＊＊＊

それ以上言葉はいらない。

いや、交わす余裕すらありはしない。

互いに僅か三百秒、換算してたったの五分しかもたない超強化スキル《餓狼》。

ロウが操る《毒蛇の滴り》と同様のレアスキルではあるが、現状MP消費以外の消耗が見えないソレと比較して《餓狼》には明確かつ大きなデメリットが存在している。

デスペナルティの増加だとか、防御性能が下がるだとか、そんな話をしている訳ではない。

このスキルの最大の欠点はその表面的なデメリットではなく、使用者の知覚能力が一切調整されないという点にある。

かつてスクナが戦った赤狼が、自身のあまりの速さに単調な攻撃しか行えなくなっていたのと同じだ。

プログラムで動く機械ではない以上、自分が操れる以上のスペックを与えられた所で、乗りこなすことなどできはしない。

高いステータスをぽんと渡されたところで、そう簡単に扱えたら苦労はないだろう。

表面的なデメリットに騙されがちだが、このスキルは本来「使い慣れる」ことでより力を発揮するスキルなのだ。

ただし、それは普通のプレイヤーなら、という前提の話である。

VRゲームにおいて現実世界と比にならないほどの身体能力を得られるという現象は珍しくはなく、トレーニングを積めば「慣れ」が生まれるものだ。

このスキルを初見で使用したとして、上位のプレイヤーならば振り回されずに扱うことは十分に可能だ。

そして、ここに例外がひとり。

踏み締めた足にこれまでとは比にならないほどの力が込められる事実を認識し、スクナは小さく笑みを浮かべる。

そうして、ぐんと踏み込んだ瞬間に倍増した敏捷を爆発させた。

目の前の相手が切り札を切った。その事実に陶酔していたロウは、不意に背を撫でた悪寒に思わず剣を挟み込む。

「……ッ！」

ギィン！　と鋭い音を立てて金属がぶつかり合うような音が鳴り響く。

一歩目の踏み込みで後ろに回り込み、返す二歩目でロウの頭を潰しに来た。

ほんのわずかな時間、気を抜いたのは確かだ。

しかし、その隙に危うく首が消し飛ぶかもしれなかったという事実が、ロウの胸を高鳴らせる。

「ア、ハ」

目をつけた相手を殺す。

雑魚を一方的になぶり殺しにする。

騙し討ちも不意打ちも、殺しのためなら躊躇わない。

その全てが彼女にとっては快楽となる。

しかし、今目の前にいる相手を前に、ロウはぞわりとした悦びを感じていた。

鍔迫り合う金棒とレイピアだが、スキルで強化されてなお膂力はロウに分があるようで、不利な体勢を強いられてなお力負けすることなく火花を散らす。

だが、均衡は続かない。不意に武器を手放したスクナに対し、それを防ぐために力を込めていたロウの剣は抑えを失って宙を泳いだ。

「ラァッ！」

「ぐ……っ」

左の脇腹を容赦なく、スクナの右足が抉り抜く。手を離した瞬間にその場で回転し、その勢いのまま回し蹴りで撃ち抜いたのだ。

先程同様、スキルでもない攻撃ということでダメージそのものはさほどではない。

しかしそれでも踏ん張りの効いていない状態での回し蹴りにより、ロウの体は数メートル吹き飛ばされる。

側転の要領で体勢を立て直したロウは、追い打ちをかけるように飛んできた投げナイフをレイピアで撃ち落とすと、そのまま見えない背後に向かって鋭い突きを放った。

「けほっ、いい手応え……すぎるかしら」

再び鳴り響いた金属音が示すとおり、不意打ちを狙いに来たスクナに対する不意打ちは金棒の中心で受け止められていた。

「どうして分かったの？」

「乙女の勘……っていえば信じてくれるかしら？」

軽口を叩きながらもガガガン！　と一瞬の間に三合打ち込んだロウだったがその全ては音の通り金棒に防ぎ切られる。

だが、戦い始めて数十秒と経っていないにも拘らず、ロウはスクナの様子が変化していることに気づく。

「へぇ、そのスキル……ＨＰを消費するのね」

「まあね。でも、使わなきゃロウには勝てない」

ＨＰを犠牲に発動するスキルは、ロウにも覚えがある。

本来ならば会話の時間さえもったいないはずだ。

それなのにスクナは乗ってきた。

つまりそれは何か理由があるからだ。

「頭上注意だよ」

その言葉を聞いて咄嗟にバックステップしたロウは、肩口にめり込んだ鉄球による衝撃で危うくレイピアを落としかける。

やられた、とロウは思った。どのタイミングで放り投げたのかはわからないが、いつの間にか頭上に仕掛けられていたトラップ。

スクナはロウのバックステップまで計算に入れて、あえて声をかけたのだ。

追撃に来るスクナに対し、ロウは距離を取るのをやめた。

どのような効果によるものかはわからないが、スクナの敏捷がレベル60を超えている自身よりも遥かに高くなっていると理解したからだ。

敏捷で負けている以上、距離を取って戦うのは得策ではない。

となれば筋力で勝っている点を活かして近接戦闘に持ち込むのが筋ではある。

幸いにして、スクナの方は時間に制限がある。このレベルの効果を維持できるのは長くて十分だろう。

仮説はいくつか立てられるが、直ぐに思いつく可能性は大きく分けて三つ。

ＨＰが切れるまで続き、切れた時点でデスする。

ＨＰが１になった時点で効果が自動的に止まる。

ＨＰが１になった時点で減少は止まるが、効果は持続する。

どの場合にせよ、時間が来た時点で最低でも瀕死になっている事は想像に難くない。

問題はスクナの持つ目の良さと、反応速度だ。

ロウが現実世界とかけ離れたこのステータスに慣れるのに要した時間を嘲笑うように、この鬼は完璧な制御でアバターを操っている。

中途半端な攻撃は通らず、逆に隙を見せることに繋がってしまう。

アーツを捌かれ、後隙を狙って強力なアーツを打たれれば、防御にステータスを割り振っていないロウは致命的なダメージを受けかねない。

《誘惑の細剣》の持つネームドスキルも、ロウのレアスキルも、標的に物理的なダメージを与えて初めて効果がある類のものである。

どうにもこの獲物には、ロウの手札では相性が悪いのだ。

しかし、ロウはPKプレイヤーとして、一度決めた標的は必ず殺すと決めている。

藪をつついて蛇が出たからといって、PKを諦める理由にはならない。こういう戦況がこれまでになかった訳でもない。

これまで殺してきた六十六人のプレイヤーたちと同様に、スクナを確実に殺しきるのだ。

どんなに醜くても、意地汚くても、最後に立っていればそれでいい。

(笑えない話よね)

湿地帯の異常を見に来たついでにPKして帰《あそんで》ろうとしただけだと言うのに、とんだじゃじゃ馬を引き当ててしまったものである。

己の手札を再確認して、迫り来る鬼人をしっかりと見据える。

切り札を持っているのはスクナだけではない。

殺す手段は確かにある。

故に、ロウは徹底的な持久戦を選択した。

＊＊＊

ロウが持久戦を選択したのは、私にとっては想定の範囲内だった。

どんなに私の敏捷が高くなったとしても、敏捷以外のステータスは全てロウに軍配が上がっている。

餓狼はあくまで私が即死しないために必要な手立てであって、一発でも貰えば餓狼の使用時間がガクンと落ちる私の方が明らかに不利なのだ。

まして、このゲームにはＳＰがある。

速く大きく動いた方がより大きく消耗する以上、餓狼の制限時間故に攻め続けなければならない私の方が苦しい状況を強いられ続ける。

そして、私より遥かに対人戦に手慣れているであろう目の前の少女が、自分より速い相手の対処を心得ていないなどと過信する訳にもいかなかった。

彼女の見せた手札と、これまでに綺麗に入った二発の蹴りのダメージから察するに、防御が薄めでスピード型の剣士であることは間違いない。

体捌きはそれほど上手ではないが剣速に関してはピカイチである辺り、器用も相当高いだろう。

近接戦闘も普通に油断ならない強さのはず。

綱渡りのように撹乱してきたが、ここからは純粋に崩さない限り攻撃は通らないと見るべきだ。

湿地帯に剣戟が鳴り響く。私はこの戦闘において、両手棍を使うことはしなかった。

手のひらを返すようだが、対人戦においてあの武器は扱いづらいのだ。正確に言うならば、高速戦闘の中で攻め立てるのには向いていない。

武器全体の攻撃判定の広さという点で見た時、確かに両手棍はどこで殴っても火力が出るようになってはいる。

では、いざ戦いましょうとなった時結局使うのは両端だ。

あの武器の攻撃範囲は《薙ぎ払い》のように棒全体で殴るアーツの時は非常に高い効果を発揮する反面、それ以外の場合は特に役に立たないのだ。

逆に、足を止めて殴り合うような近接戦闘では大きく強さを発揮してくれるとは思う。

対モンスター戦でも同様に、活躍の場は多いだろう。

ただ、今は回避に専念するロウを追いながら攻撃を両立させなければならない。

投擲武器も併用することを考慮すると両手が塞がるのは避けたいという思いもあって、せっかくの新武器をやむなく封じて戦っているのだった。

右袈裟気味に振り下ろした金棒が弾かれる。

後ろ回し蹴りと見せかけての足払いはバックステップで躱されるが、指で弾いた石ころが彼女の頬にカスった。

「っ！」

低くなっていた体勢をブレイクダンスの要領で跳ね起きさせ、ダメージに一瞬怯んだロウを追撃しようと試みるが、そんな私の攻めっ気を嘲笑うように返す刀が振るわれる。

それを金棒の棘で受け流し、さらに一歩踏み込んで横殴りの《叩きつけ》を繰り出す。

流石のロウも回避しきれずに剣で受け止めていたが、軽くは命中したのかＨＰが削れていた。

戦闘が始まって二分弱。私の残りＨＰは60％強残ってはいるが、ロウもまた同程度のダメージしか負っていない。

ロウの反応速度を考慮すると隙の大きすぎるアーツは使えないから、必然的に一番軽くて速い

《叩きつけ》を使うことになるのだが、やはりクリーンヒットには至らない。

ここに少しでも木々があれば……と悔やまずにはいられないが、ここは平らな湿地帯。投擲アイテムも牽制以上の効果は発揮しづらかった。

「ふふ、このペースだとどっちが先に死ぬかしら」

「殺してみせるよ」

「素敵なお誘いね」

技と回避と言葉の応酬。見切りの速度で上回っていることと敏捷で勝っているおかげで私の方が攻めているように見えるが、現実はなかなか厳しい。

私の想像以上に、ロウは捌きが巧みだった。冷静に考えると彼女もまたネームドボスモンスターを倒したプレイヤーなのだ。相応のプレイヤースキルは持ち合わせているに決まっている。

こちらの攻撃も通っていると言うよりは通されているとでも言うべきか。クリーンヒットを避けるためにいくらかのHPを捨てている、ロウの上手さの結果だった。

濃密な時間が過ぎていく。剣戟は勢いを増し、まるで音楽でも奏でているかのように湿地帯に響き渡る。

追う私、追われるロウ。それは傍から見ればダンスでも踊っているかのようだったかもしれない。

こんなことを言うのもなんだが、その時の私は幸せな気分に浸っていた。

赤狼との戦いもそうだったが、脳みそをフル回転させて敵を殺すための道筋を立てていくのは楽しい。

リンちゃんが招いてくれた世界。窮屈なリアルではできないことを。ただそれだけを望んで飛び込んだ世界だ。

まだ足りない、使い切れていない。私の限界はここじゃない。もっと速く、疾く、鋭い攻撃を叩き込め！

気付けば私もロウも笑っていた。

殺し合いであるということさえ忘れて、笑っていた。

だからこそ。

お互いのことだけに集中しきっていたからこそ。

私たちはソレに気付くことができなかった。

轟音と共に、湿地帯に絶望が舞い降りた。

湿地帯が揺れる。ミサイルでも着弾したかのように、ソレの足元にはクレーターができていた。

そう、そのモンスターは空から現れたのだ。

漆黒の甲殻を纏いし巨大な体躯。

全てを切り裂くであろう、鋭利な爪。

瞳は黄金《こがね》に輝き、尾を振るうだけで暴風が吹き荒れる。

誰もがその存在を知っている。

恐れの象徴。あるいは悪魔の化身。そして、古今東西の創作でうんざりするほど使われてきた、絶対強者。

《理の真竜・アポカリプスＬｖ？？？》

それは、ドラゴンの襲来だった。

風圧に耐えながら、私たちは降り立った巨龍に呆然とする。

白い閃光が迸った。

そう思った時には私の脇腹には大きな穴が空いていた。

「……え？」

惚ける間もなく、嫌な予感に従って右に飛び退くと、直径二メートルはあろう火炎球が通過していく。

「めちゃくちゃする……なっ」

「きゃあああっ」

「ロウ……ッ」

着弾と共に小爆発を発生させた衝撃を受身を取りつつ捌いていると、ロウの悲鳴が耳に届く。

恐らく、私にしたものとほぼ同様の攻撃がロウにも飛んでいったのだ。

先に攻撃を食らった私に気を取られたのか、私よりも遥かにステータスの高いロウですら、まともに捌くことさえできずに吹き飛ばされていく。

死んではいないようだけど、上手く受け身が取れた私と違って、されるがままに吹き飛ばされたロウはしばらく復帰できなさそうだ。

アポカリプスの名を冠した竜もそう判断したのか、黄金の瞳をギラリと光らせて私にヘイトを向けていた。

理の真竜。その言葉になんの意味があるのかはわからないけど、感じる圧力は途方もなく膨大だ。

単純に見るならば、目の前の存在はネームドボスモンスターだと思う。ただ、果たして目の前の存在は本当にそんなに生易しい存在なのだろうか。

だって、レベルが見えない。???ということはレベルが無い訳ではないのだろうけど、少なくとも見えないというのは初めて聞いた。

レベル差がありすぎると見えなくなるとかそういう話の可能性もある。イベント戦闘の可能性も。

ただ、どちらにせよそれは絶望的な話でしかない。

目の前の竜に与えられたHPゲージは、十本を優に超えているのだから。

「あと、一分ないか……」

今の一撃では見た目ほどのダメージはなかったようで、HPを見る限り《餓狼》スキルの残り時間は二分以上ある。

幸いにして、痛みはほとんどないけど、ポッカリとした空白感は感じる。

ただ、お腹の一部が消し飛んだことで欠損による出血、それによるスリップダメージが発生してしまった。

しかし元よりロウとの戦いで損耗しているし、餓狼のスキル効果で二倍になったスリップダメージによって私に残された時間はほんの僅かになっていた。

さあ状況を整理しろ。

勝ちの目はない。

残り時間はわずかだ。

味方はいない。

そして敵はアイツだけだ。

「そう簡単に死ぬと思うなよ」

試すような瞳でこちらを見下ろす漆黒の真竜に金棒を向けながら、私はやけくそ気味に呟いた。


戦い始めて二秒で理解した。

私、こいつと相性が悪い。

私にとって最悪に近い相手である。

結論から言うと。

《理の真竜・アポカリプス》は、魔法型のドラゴンだったのだ。

「クソゲーすぎるんですけど！」

ドガガガッと大地を抉りながらマシンガンのごとく掃射されてくる数十センチ台の火球を、装備とスキルで無理やり底上げした敏捷に任せて躱していく。

その数、秒間五発。的確に道を潰すように放たれてくるそれを、緩急自在の縦横無尽に駆け巡って回避していく。

今の私のＨＰ残量だと、かすっただけで致命的だ。その事実が、集中力を引き上げる。

アポカリプスは登場こそ派手に決めたものの、降り立った時からほとんど姿勢さえ変える事なく鎮座している。

最初に使ってきた謎の閃光こそ使ってこなくなったけど、火球の中に時折混ざりこんでいる火炎球が死ぬほど厄介で、必死になって避ける私を嘲笑っているかのようだった。

明らかに遊ばれている。気に食わないけど、それを咎める余裕もなく、私にできるのは逃げの一手のみだった。

「……？　なに……をぉっ⁉」

二十秒ほど避け切ったところで、アポカリプスが周囲に展開していた火球の魔法陣の見た目が変わった。

出てきたのは、光の槍。それがこちらに向けられるのを見た瞬間、右半身を咄嗟に引いていた。

その瞬間、キュインと音を立てて、光の槍が目の前を通り過ぎる。なるほど、あの閃光はこの槍を高速で射出したものだったんだなー。

「なんて言ってる場合じゃない！」

都合、十本。それが、アポカリプスが私に向けてきた槍の本数だった。

最初の一本を避けられたのは完全に偶然だった。

「くっそぉぉぉぉぉ！」

回避しきれない。確実に殺られる。

啖呵を切っておいてこんな、粘ることさえ出来ずに負けるのか。

それが悔しくて思わず叫んだ、その刹那。

世界の色がなくなった。

＊＊＊

集中が極限に達した時、あまりにも加速した思考のせいで体感時間が伸びることがある。

世界がスローになったような感覚。身体中を覆う全能感。こうなるともう、止まろうと思っても止まれない。

スポーツならゾーンなんて言われる現象なのかもしれない。あるいは、もっと別の何かなのかもしれない。

けど、そんなのはもうどうでもいい。

重要なのはたったひとつ。

「あ……」

迫り来る九の凶刃を、私の意識ははっきりと捉えていた。

全てが同時には発射されない。

追い立てるように、ズレてくる。

ひとつ、真正面に飛んできた光槍を金棒で弾き飛ばす。

二つ目は首を落とす槍。しゃがもうとした先に用意された三つ目の牙。さらにその間をくぐり抜けようとする者を貫くための四本目。

左右には回避できない。五、六本目の槍が左右を潰している。対処できるのはどれか一本か。

私は四本目の槍が通るルートに金棒を投げて相殺させ、上下の槍はそのまま倒れ込むように宙返りで真ん中をすり抜ける。

着地際を狙ってきた七本目を両手を地面について体を捻ることで躱したものの、これ以上の回避は許さないとばかりに放たれた八本目が、一瞬宙に浮いて身動きが取れない私に突き刺さる――直前。

飛んできたレイピアによって光槍は弾き飛ばされ、私はなんとか着地に成功した。そして同時に、残りの一本の対処を完全に捨ててメニューに触れた。

予想通り、最後の一本が私を貫く前に、疾風のごとく飛び込んできたロウが腕を犠牲に光槍を弾き飛ばして。

その瞬間、アポカリプスがほんの少しだけ驚いたような表情をした気がした。

「行って」

うん、わかってる。

だからその準備をしてた。

ロウが稼いでくれると信じたわずか数秒の間に装備を変更した私は、ステータスの全てを振り絞って跳ね飛んだ。

四本目の光槍に弾かれて宙にあった金棒を踏み台に、角度をずらす。一条の赤い弾丸となって空を駆ける。

もちろん、空を走るスキルなんて持ってないから、それは比喩でしかないけれど。

両手棍の片端をしっかりと両手で掴んで、ぐるりと一回転。

（ごめん、はるる。どうか許して）

極限まで引き伸ばされた思考の中で、私は申し訳なさを感じながらもひとつのアーツを選択する。

半ばやけくそ気味に叫びながら、私は手持ちの最強の札を切った。

「フィニッシャアアアアアアア!!」

武器そのものを破壊しての、極大の一撃。

回転の遠心力をそのまま込めて、私ははるる謹製の両手棍を全身全霊でアポカリプスの角に叩き込んだ。

ガギィィィィン!!　という轟音を伴って、真竜の全身が揺れた。

一ドット。いや、一ドットにさえ満たない程の、しかし確かな空白がアポカリプスのＨＰゲージの中に生まれる。

それを確認した瞬間、私の集中力は完全に切れてしまい、全身の力が抜けた。

今のわずか数十秒に満たない攻防で、完全に力を使い切ってしまったのだ。

餓狼のデメリット、スリップダメージ。

あと、落下のダメージもあるか。

どの道死ぬわけだし、一発殴れて満足もした。

潔く散ろう、そう考えたところで、落下に伴う浮遊感がないことに気がついた。

浮いている。というより、「止まっている」と言うべきだろうか。

私もロウも、いや世界そのものが、動こうにも動けない金縛りのような状態のまま固定されていた。

そんな衝撃的な現象の中、さらなる衝撃が私たちを襲う。

『空間の時を止めた。今、其方等の体は時による干渉から解き放たれている』

目の前の龍が喋った。

いや、モンスターに赤狼同様にＡＩが積まれているのは今更だったけど、それと話せるかどうかは全く別の話で。

内心では死ぬほど驚いたんだけど、静止した空間の中ではそれを表現する手段がなかった。

全てが止まった世界の中で、アポカリプスだけが動いている。

空気を震わせる音ではなく、脳に直接届くような不思議な声色だった。

真竜は先ほどまでとは違い、優しげな瞳で私たちを見据えていて、不意に空に向かって闇色の魔法陣をひとつだけ飛ばした。

『人の子、そして鬼の子よ。我が角をひと欠片とはいえ砕いた褒美だ。魔の理の一端、《真理《ことわり》魔《ま》法《ほう》》を見せてやろう』

空に届いた闇色の魔法陣は、徐々に広がり別れて重なり合い、積層型の魔法陣へと変化して、気づけば天空を覆う数百メートルの蓋のようになっていて。

ギチギチと軋みながらなおも拡張せんとする魔法陣を、アポカリプスは静かに解き放った。

『フォールダウン』

竜の言葉と共に、再び、時が進む。その魔法を一言で表現するならば。

空が、落ちてきた。

エピローグ

落ちてきた空に飲み込まれて。

気がついた時、私は夜空を見上げていた。

「…………………………えっ？」

跳ねるように起き上がって周囲を観察すると、私が倒れていたのは石畳の上のようで。

そしてここはリスポーン地点であるはずのデュアリスではなく、ログアウト後のベッドの上でもなく、どこかの神社の境内のような切り取られた正方形の空間だった。

切り取られた、という表現を使ったのには理由がある。

境内は百メートル四方くらいの広さがあるのだが、その先の景色が歪んで崩れているのだ。

まるでアニメや漫画で見る異空間のように、この場所は隔離されているように思えた。

ちなみに境内というだけあって、正面には大きな社が建っている。

(行ってみよう、かな)

ほとんど働いていない頭と疲れきった体を引きずりながら社へと向かうと、扉はひとりでに開いて私を迎え入れてくれる。

その途中、今の私のアバターがアポカリプスの放った極大の魔法を受ける直前の状態であることに気がついた。

ＨＰは残りわずかで、脇腹は消し飛んだままだ。ただ、《餓狼》は既に解除されていて、お腹からの出血によるスリップダメージも消えている。治療が済んだ、という判定になっているのだろうか。

夢か現かも判断がつかない。ただ、私の直感はここが夢ではないことを告げていた。

社の中には台座がひとつ。

その上には緋色の金で作られた、鬼灯《ほおずき》の簪《かんざし》が飾られている。

ヒヒイロカネ。私の装備している《月椿《つばき》の独奏《かなで》》と同じ素材で出来たアイテムだろうか。

「痛っ」

不遜にも私はそれに手を伸ばそうとして、なにか見えない壁に弾かれた。

いや、正確には痛みはないんだけど……電気で弾かれたような、そんな感じのバチバチする拒絶感だった。

「目覚めたか、鬼の子よ」

音も匂いも気配もなく、その声の主は唐突に私の後ろに現れた。

完全に不意を突かれ、咄嗟に振り向いた先に立っていたのは『私のアバター』だった。

「な……に、え、だれ？」

「ふははは、混乱しておるな。私がお主をここに引き寄せて、あの忌々しい真竜めから救ってやったのだぞ」

「あ……そう、なんだ？」

まるで鏡の前に立っているような、そんな気分になる。

目の前で笑う謎の存在は、欠損したお腹まで鏡写しのように私のアバターを再現している。こうしてみるとなかなかに痛々しい傷だ。

「今の私は本来の姿が取れぬ故、お主の体を借りておる。不快かもしれぬが許せよ」

「う、うん。で……誰なの？」

「おお、自己紹介が遅れたな」

私の姿を借りた何者かは、これはいかんと笑いながら私の問いに答えた。

「我が名は酒呑《しゅてん》。全ての《童子》を統べる者だ」

しゅてん。その響きを漢字に直すと、酒呑だろうか。

その名前、すっごい聞いたことがあるんですが。

「なんだ、反応が鈍いな。もっとどひゃーっと驚いてもいいのだぞ？」

「ああ、うん、ごめん。混乱してて」

「そうであろうな。私が真竜からお主を掠め取った時点で、既にお主は死の運命の只中にあったのだから」

それはそうだろう。そもそも放置してれば時間経過で死に、落下ダメージでも死に、魔法でも死んでいた。

三つの要因全てが致命的って状況はなかなかないよ。

ましてあの極大の魔法。

ことわりまほう、と言っていたけれど、実際にどんな文字を当て嵌めるのかは全くわからない。

私に思いつくのなんて、せいぜいが「理」くらいのものだ。

湿地帯はどうなっただろうか。私とロウが戦っている間は少なくとも周囲に人はいなかったけど、あの規模の魔法だ。

フィールドにどデカいクレーターのひとつもできているんじゃなかろうか。

今思えばリザード系統のモンスターが隠れ潜んでいたのは、あの竜の出現を示唆していたのだろうか。

私は知らない。ロウもあの反応だと知らなかったようだけど、リンちゃんなら知ってるかもしれないなぁ。

「《真理魔法《ことわりまほう》》とは極地に至った魔法のことだ。全ての魔法は極めれば真理魔法に行き着く。発動できるかはさておきな。アレは莫大な魔力と緻密な魔法制御がなければ使えぬのだ」

全ての魔法、ということは回復魔法や補助魔法も行き着く先はあんな魔法なんだろうか。

そう思ったけど、さすがに攻撃用じゃない魔法の極まった姿なんて想像できなかった。

「どの道、人が扱うには過ぎた代物だ。黙示録のですら易々と撃てる訳ではない。その上時止めまで行ったのだ。今頃は休息をとっているだろうさ」

ククク、と心底楽しげに笑う酒呑。

仲が悪かったりするんだろうか。あるいは仲がいいからこそなのか。

何にせよ、あの竜が「褒美」と言っていたのはあながち間違いではないのかもしれない。

酒呑の言葉を信じるのなら、相当な消耗と引き換えに見せてくれた魔法だったということなのだから。

「酒呑も、使えたりするの？」

「ククク、使えたらさぞかし気持ちよかろうな。だが生憎、私は魔法や妖術と最もかけ離れた位置に立つ存在よ。言っただろう？　私は全ての童子を統べる存在であると」

分かっているだろう？　そう瞳で問いかけてくる酒呑に、私は何かが噛み合うような感覚を覚えた。

「……酒呑、《童子》」

「左様。私が司るのは極めて純粋なる暴力だ。そういった意味で、私とあの竜は対極に位置しているとも言えるな」

魔を極めし竜と、力を極めし鬼。

私は、特殊職業として現れた《童子》という職業の存在理由を、ようやく理解したような気がした。

今目の前にいる鬼がこの世界に在るから。

《童子》という職業が生まれたのだ。

「さて、数百年ぶりに訪れた我が眷属にひとつ導《しるべ》を立ててやろう」

どこからともなく鉄扇を取り出した酒呑は、にんまりと笑いながらそう言った。

「お主が我が力を進化させるには……そうさな、お主らの言葉で習熟度と言ったか、それが少なくとも70を数える必要があるだろう。後はお主が世界に力を示せるかどうか。クク、その点についての心配はいらなそうだがな」

世界に力を示す。それはネームドを倒した時のように称号を獲得するような事なのか、はたまたとにかくＮＰＣに名前を売れということなのか。

導というだけあって、あくまでも答えそのものを教えてはくれないようだった。

「習熟度70ってことは90レベル以上……遠い話だなぁ」

「そうでもないさ。お主と共に真竜に一矢報いた人族の女、あれは既に60を超えていたぞ。アレもいい素材だが、あの人族に手を出すと面倒なのに目をつけられるからなぁ」

辟易としたような表情の酒呑を見る限り、「面倒なの」は余程厄介な相手のようだ。

目の前の、真竜に引けを取らないほどの存在感を持つこの鬼神にすら面倒と評される相手か。

「人族にも酒呑みたいなのがいるってこと？」

「理解が早いな。ただ、お主の想像とは少し異なる。我らは種族を見守る存在ではなく、お主らで言うところの職業によって見守る対象を決めている。そういう意味では私は稀なる存在だろう。何せ見守る対象があまりに少ない。逆に剣神やら魔神などはいつも忙しそうにしておるよ。特に魔神など、あの黙示録のが眷属にいる訳だからな」

「アレを眷属に……？　なんならアレが眷属を持ってるって言われた方が納得できるんだけど」

「さてな。彼の真竜とて元よりあれほどの力を持っていた訳ではないということだ。アレより先に魔神に至った者さえいなければ、今頃は彼の竜が魔神と呼ばれていただろうよ」

何だかとても重要な話を聞いてしまっているような気がする。しかし私は正直な話疲れていて、その内容を深く咀嚼する余裕がなかった。

「ふふ、おしゃべりが過ぎたか。だが、もう少し我慢せよ。彼奴の角を欠けさせた者に褒美のひとつもやらねばなるまい。あの竜は冗談抜きで魔法を見せることが褒美になるなどと思い込んでおるが、そんなのは魔法馬鹿くらいしか喜ばんわ」

褒美。ちょっぴり心躍る響きを告げて酒呑が取り出したのは、先ほどの簪とは別の色をした簪。意匠は同じく鬼灯のものだ。素材が違うのかもしれない。

後ろを向けというジェスチャーに従って背を向けると、酒呑はそれで私の髪の毛を結った。

「これはこの社に辿り着くための目印だ。ここは幽世《かくりよ》、現世から至る為には目印がいるのでな」

「これを付けてれば、またここに来れるの？」

「職業の習熟度が30を超えたその時、始まりの地に向かえ。果てに祀《まつ》られし祠《ほこら》に到り、我が名を奉り祈りを捧げよ。誘われし幽世の最奥にて私はお主を待っている」

予言のように語る酒呑の言葉を、私はひとつずつなぞっていく。

習熟度が30だから、普通のレベルでいえば50以上ということだ。

そこに至った時、始まりの地……つまり始まりの街に行って、南部にある果ての森のどこかにある祠にたどり着かなければならないのだろう。

「幽世の住人は強者のみ。仲間を連れるもよし、独りで挑むもよし。努努、侮ることなく挑むことだ」

――――

『《エクストラクエスト：果ての祠・鬼神の幽世》が開始しました』

『《アクセサリー：鬼灯の簪・銅》を入手しました』

――


「焦ることなく精進せよ。期待しておるぞ、スクナ」

どうやら今のお告げのようなものは、正式なクエストであったらしい。

銅色の簪を少し撫でて、その冷たい感触が心地よく感じた。

「それではな。まずはゆるりと休むがよい」

酒呑の右手がブレた。

そう思った時には、私のＨＰは綺麗に削り取られ、死を待つばかりの体は呆気なくデスペナルティを迎えるのだった。

け、結局殺すんかい。

そう思った私は悪くないと思うが、リスポーン地点に戻される前に見た酒呑の横顔が酷く楽しそうで、文句は次にあった時にしようと思うのだった。

ONIKKONAISHINDO

書き下ろし番外編

凛音と菜々香のプチデート

「ナナ！　トレーニングに行くわよ！」

「……？」

バンッ！　と音を立てて扉を開いた私の目に入ったのは、僅かに首を傾げたナナの姿だった。

事の発端はフルダイブ型ＶＲマシーンのテスト。そのテスターとして呼ばれた私は、完全仮想現実とでも呼ぶべきその世界に感動する反面、悲しい現実とも向き合わなければならなくなった。

「リンねぇは相変わらず運動が苦手なんですねぇ」

連れていった燈火から言われたその言葉が、私の自尊心を大きく傷付けたのである。

いや、確かに私は運動が苦手だ。それはもうどうしようもなく苦手で、逆に才能なのではと思えるほどの運動音痴である自覚はある。

フルダイブ型の仮想空間は、想像出来ることならなんでも出来るという自由度の高さを誇る反面、想像出来なければ何も成し遂げられないという欠点がある。

認めるのは癪だけど、私は運動音痴であるが故に「運動の仕方」をまるで想像出来なかったのだ。

燈火は器用だからそういう調整は得意だし、ナナに関してはＶＲ側がナナのスペックを再現しきれなくてとても動きづらそうにしていたけど、私はそれ以前に随分な醜態を晒してしまうことになった。

そんな訳で、とりあえず現実の運動神経を多少なりとも磨いてやる必要があるのではないかと思ったわけだ。

たまたま気まぐれでトレーニング施設を作らせてみたのがちょうど完成した頃合いだったので、

私はナナを引き連れてトレーニングをすることに決めたのだ。

という経緯をざっくりと説明すると、ナナは素直に頷いて一緒に来てくれる事になった。いや、まあ、ナナが私に付いて来てくれなかった事なんてないけどね。

「じゃあ行きましょ！」

「……徒歩？」

「歩いて行ける距離だけど、トレーニングを楽しみたいから車で行きましょ」

いざ鎌倉……！

＊＊＊

「へぇ、お任せで設計した割には結構いいじゃないの」

「おっきい」

ナナの小並感（しょうがくせいなみのかんそう）をひとまずスルーして、私は受付に向かって入館証を貰う。

ここは私が自分でお金を出して作らせた運動施設だけど、今日はそのプレオープン日。

雑誌のライターやらスポーツ選手やらを呼んで、まあ有り体にいえば宣伝してもらうための予行日みたいなところ。

後日一般公開される予定で、ちゃんとしたトレーニング施設もあれば、小さい子から大人まで楽しめるアスレチックやボウリング、ボルダリングも出来るらしい。

有名なスポーツジムも併設されているので、純粋にジムでトレーニングするのもありだろう。

「とりあえずアスレチックに行ってみましょ。難易度別に三個くらいあるらしいわよ」

「うん」

心なしか機嫌のいいナナを連れて歩いていると、何をしに来たのかお父様と遭遇した。

「お父様！」

「凜音じゃないか。菜々香ちゃんとデートかい？」

「そうよ。ま、ついでにトレーニングもね」

「……菜々香ちゃん、凜音の事をよろしく頼むよ」

「任せて」

「二人とも失礼ね……」

「まあ、菜々香ちゃんと一緒なら安心だろう。私も少し見て回ったが、なかなか面白そうな施設だったから、怪我に気をつけてゆっくり楽しんでいきなさい」

本当に見回りに来ただけなのか、お父様は少し会話をするとすぐに立ち去ってしまった。

むしろ忙しいお父様がよくこんな施設のプレオープンなんかに来てくれたものだ。なかなか会えないから、素直に嬉しいけれど。

そんな事を考えていると、ふと片手に柔らかな感触が伝わってきた。

見ればナナが控えめに手を握っていて、相変わらず無表情だけど少しだけ顔が赤くなっているのがわかる。

「どうかしたの？」

「……デート、でしょ？」

「もう！　可愛いわね！」

一度手を解いてぎゅっと抱きしめてあげると、ナナは目を細めて嬉しそうにしている。

反応が全体的に猫っぽいのよね、この子は。

改めてナナの手を握って、私達は再びアスレチックを目指すのだった。


アスレチックコースは事前情報の通り難易度別に三コースに分かれていて、とりあえず私達は初級コースに挑むことにした。

「は、離しちゃダメよ！」

「うん」

「こ、これほんとに初級なの？」

「リンちゃん、まだ入ったばかり」

「分かってるけど！」

初級コースの入口は太めの糸で張られた網のトンネル。意気揚々とアスレチックに入り込んだ私は、一歩目から足を踏み外して両足がすっぽ抜けてしまった。

落ちたら股が裂けるみたいに痛いだろうなぁ、なんて思っていた私は前にいたナナに支えてもらって、何とか落下せずには済んだ。

この不安定な足場で私を支えられるナナが一体どう立っているのかさっぱり分からないけど、少なくとも股を糸で強打する未来は避けられたらしい。

「と、とりあえず最初の休憩ポイントまで行くわよ」

「頑張って」

ナナに支えてもらいながら、結局私が最初の休憩ポイントに辿り着いたのは一時間後のことだった。

「あー……死ぬかと思った」

「大丈夫？」

ベンチに座ってうなだれる私を心配するように覗き込むナナは、心配の感情とまるで物足りないという感情を混じり合わせたような表情を浮かべていた。

そうか、珍しくご機嫌だと思ったら、ナナは今日自由に運動してもいいんだと考えていたんだろう。

私と一緒にいるというのがナナの行動原理の第一にあるから不満ではなくとも、物足りなさは感じてる。

ゆっくり初級コースを回るなんて、ナナにとっては散歩より楽なことだっただろう。

それを悟った私は、ナナの頭を撫でながら言った。

「心配させてごめんね。私は休んでるから、ナナは遊んできていいわよ。ほら、ちょうどアスレチックコースでタイムアタックをやってるみたいだし、かっこいいところを見せてちょうだい？」

「……いいの？」

「いいのよ。貴方が楽しんでくれるのが一番だわ」

「じゃあ、行ってくる」

私の後押しにナナは少しだけ嬉しそうな表情を浮かべて立ち上がると、アスレチックコース全体で始まろうとしているタイムアタックイベントへと向かっていく。

と思ったら、何歩か進んで歩みを止めて、振り返ってこう言った。

「見ててね？」

普段の胡乱な瞳からは想像出来ないほどやる気に満ちた微笑みと共に、ナナは私に宣言した。

まるで風のようだ。あの子がアスレチックコースをノンストップで駆け抜けていくのを見て、私はそう思った。

あの子の前に何人か挑戦していたとはいえ、まだ上級コースは制限時間内のクリア者はいない。

挑むのは完全な初見だろうし、見たことのないギミックもあるはずなのに、まるで関係ないと言わんばかりのハイペースでアスレチックを潜り抜けていく。

あまりの速さに観戦者はみんな唖然としているし、あの子の非常識さを知っている私でも少し驚いた。

その人間離れした身のこなしに、改めてあの子が生きる上で自分に掛けている枷の重さを実感する。

ナナはとても優しい子だ。そして、自分がどれだけ並外れているのかを正確に理解しているから、何事においても本気は出さない。

見てる全員の度肝を抜いてるのに、アレでもまだナナはいくらか余裕を残してるはずだ。時折こっちに視線を向けて、私がちゃんと見てるか確かめる余裕があるのだから。

その後、全コースで並み居る腕自慢たちをぶっちぎってゴールしたナナはとてもスッキリした表情で私の元に帰ってきて、ご褒美に膝枕を要求するのだった。

＊＊＊

「ふんぬっ！……持ち上がらないんだけど」

「えい」

「ナナ、それ百キロあるやつ……ふっ、私にコントローラーより重い物が持てると思わない事ね」

「じ、地面が勝手に動くって不思議ね」

「歩かないと落ちるよ？」

「分かってるわ、分かってるけど……ああああ動かさないで速度上げないで」

「流れるプールっていいわね。泳げなくても浮いてるだけで……あっ」

「リンちゃん？」

「がぼぼぼぼぼ」

バーベルに、ランニングマシンに、プールに、ｅｔｃｅｔｃ。

その後も結局私の運動神経の悪さが露呈しただけで、全体的にナナが楽しんでるだけの一日になってしまった。

ナナが楽しめたのならそれはもう大成功ではあるんだけど、当初の目的は私の運動神経の悪さをどうにかすることであったはずなんだけど。

「うーん、なんか違う気がするわ」

「……どうしたの？」

「いや、本来の目的が果たせなかったような気がしてね……」

よく分からないという表情のナナのほっぺを指先でつつくと、柔らかな感触が返ってくる。

ナナの身体能力が人外地味ているのは今更の話だけれど、この子は本当に、パッと見ただけだと普通に可愛い女の子でしかない。

つついていた手を変えて、ほっぺたを両側から揉みほぐすようにむにむにしても、嫌がるどころかむしろ体を預けてくる。

しばらくの間ナナを弄り回してから、何をやってるのかわからなくなって手を止めた。

「ねぇ、ナナは楽しかった？」

「……楽しかった」

控えめな言葉とは裏腹に、ぽわぽわと音が出ていそうなくらい機嫌のいいナナを見て、私は目的が果たせなかったことなんてどうでもいいような気がしてきた。

この子が無意識の内に溜め込んでしまうフラストレーションの解消ができたのだとしたら、逆に成果はあったと言えるのだから。

「ならいいわ。私はどう足掻いても無理そうだから、別のアプローチを考えないとねぇ」

運動神経がないという事に関しては十分承知していたつもりだったし、その分はナナに補ってもらいながらここまで来たけれど、それがゲームに関わってくるというのなら話は別だ。

ゲームに関してだけは何一つ妥協はしないし、必要な努力を惜しむつもりもない。

それがゲーマーである私のプライドだ。

差し当たり、VRにおける物理演算について勉強してみよう。

仮想空間は、確かに想像力が力になる世界。けれど、その行動の全てが数字と計算の結果で表される世界でもある。感覚ではなく理詰めで結果を導き出すことも出来るはず。

「帰りましょうか」

「うん」

外で待機させていた迎えの車に向かう途中、ふとナナの視線がフードコートの方に釣られるのがわかった。

ナナの視線の先を見れば、古きよきソフトクリームのオブジェが置いてあって、なるほどと得心がいった。

実は、ナナはアイスが大好きなのだ。なかなか崩れない無表情を崩してしまうくらいに。

ぶっちゃけると本人もアイスが好きだということは自覚していないんだと思う。

だから視線は釘付けになっても、買いたいとは言い出さない。お小遣いだって沢山持ってるはずなのに、ホントにこの子は受け身なんだから。

「ナナ、ソフトクリーム買いましょ。私はチョコがいいわね」

「……！　私、いちごがいい」

ナナはぱぁっと表情を明るくして、私の手を引っ張るようにソフトクリームのお店へ向かう。

笑顔でソフトクリームを舐めるナナの姿を見てとても幸せな気持ちになっている自分を顧みると、笑顔はプライスレスとはよく言ったものだと思ってしまう。

帰りの車の中で、先に寝てしまったのは私だった。けれど、家に到着した時にはナナも私の膝の上に頭を乗せてぐっすり眠っていた。

珍しく感情豊かに動き回って、疲れてしまったんだろう。珍しいものを見たと言わんばかりの表情を浮かべるドライバーに苦笑しつつ、私は車から降りることなく、ナナが目覚めるまでそっと彼女の頭を撫でてあげるのだった。

あとがき

初めまして、箱入蛇猫です。

この度は『打撃系鬼っ娘が征く配信道！』をお手に取っていただきありがとうございます。

リアルチートな主人公が、持て余した力をゲーム内で存分に振るっていく。この作品はそんなシンプルなコンセプトから始まりました。剣よりも打撃武器を持った女の子がいいなとか、打撃武器使いなら近接特化の脳筋だよねとか、後は単純に鬼っ娘が好きだから鬼っ娘にしちゃえとか。その結果生まれたのが主人公の菜々香であり、スクナでした。こんなにも動かしていて楽しい主人公はいないというくらいに、自由に勝手に暴れてくれます。そのせいでストーリーが長引くことも多いですが……。

それから、配信という要素について。この本を手に取ってくださった方であれば、何かしらの配信は見たことがあるのではないかと思います。私は配信というものに「ゲーム実況」から入門した口でした。

私は世間一般から見ればゲームをするほうで、最近ハマったゲームだとスプラトゥーンなどは数千時間ほどやったでしょうか？　寝ても覚めてもこのゲームをしていたおかげか、ここ数年で配信というものが急速に発展し、配信者のお金になるシステムが構築されていく様を間近で見ることができました。プロゲーマーも大会の賞金で稼ぐというよりは配信や動画投稿をメインに活動する時代で、それと同時にぐっと身近な存在になったかなと思います。

色々な配信をハシゴする日々ですが、ガチガチのゲーム実況って実はあまりなくって、意外とプロでも雑談しながらゆったりゲーム～というのが大半だったりします。逆に本当にガチガチの配信もあります。リスナーとして見るならば流行りのバーチャルYouTuberにお布施、こじんまりとした個人配信でのんびりと雑談コメントを、なんていうのもいいですよね。そういう多様な配信の楽しみや魅力も、少しでも感じていただけていれば嬉しいです。

あとはキャラクターデザイン。これに関しては絵師の片桐様に多大なご負担をかけてしまった部分でした。というのも、私は小説を書く時に基本的に頭の中で棒人間くらいしか想像できていないのです。いわばうごくメモ帳ですね。なので、本当に設定だけしか渡せていないのですが、魅力的なデザインを描き起こしてくださいました。主人公からサブキャラ、モンスターに武具まで細かく描いてくださり、感謝のしようもありません。

さて、色々と語ってしまいましたが、最後にこの本の出版に携わってくださった全ての方に感謝を。趣味全開なこの話を出版というところまで連れてきてくださり、本当にありがとうございました。

またこちらでみなさんと会える事と、打撃武器っ娘が増える事を祈って。

レスティマウト
吠える!
VS
続き、今度は
勝負!
詳しくは「本好きの下剋上」公式HPへ!
http://www.tobooks.jp/booklove

貴族院で奉納式！
"宝盗り"に
嫁取り
ディッターで
2020年
6月10日
発売!
本好きの
下剋上
司書になるためには
手段を選んでいられません
第五部 女神の化身Ⅱ
香月美夜
miya kazuki
イラスト：椎名 優
you shiina
あいかわらず、
騒々しい

打撃系鬼っ娘が征く配信道！

2020年5月1日　第1刷発行

著　者　箱入蛇猫

発行者　本田武市

発行所　TOブックス
〒150-0045
東京都渋谷区神泉町18-8　松濤ハイツ2F
TEL 03-6452-5766（編集）
　　0120-933-772（営業フリーダイヤル）
FAX 050-3156-0508
ホームページ　http://www.tobooks.jp
メール　info@tobooks.jp

印刷・製本　中央精版印刷株式会社

ISBN978-4-86472-954-3

Printed in Japan